Terra Vazia

Terra Vazia

Catterina Caroli

Ao meu grande amor,

Fernando.

PARTE I
O ENCONTRO

O vento rasteiro que percorria o milharal naquela noite, chacoalhava lentamente o vestido e os cabelos compridos de Elisa, enquanto Oscar a observava partir com sua pequena mala de roupas, sem conseguir que seu corpo reagisse para que pudesse tomar alguma atitude.

Ela estava indo embora. Estava se distanciando cada vez mais e logo ele já não podia enxergá-la, apenas sentia o seu cheiro, que era trazido pela brisa até ele. Oscar sempre dissera que ela era livre para partir quando quisesse, mas naquele momento em que encontrava-se ali, sozinho, começou a pensar nas razões que faziam com que vê-la partir mexesse forte com ele. A doce Elisa, com seu sorriso meigo, estava lhe deixando para trás por conta de uma decisão que ele não conseguia tomar. Mas era tão difícil decidir algo sobre ela. Aos seus olhos, ela era como um anjo que não deveria ser tocado, mas ele sabia — ela confessara a ele — o quanto seu corpo lhe desejava.

Por um breve momento, o homem alto e forte, de expressão rude, pensou em como seria a casa sem que a encontrasse por lá, cantarolando baixinho em seus momentos de distração. Os bordados que ela tanto gostava de fazer estavam espalhados por toalhas de mesa, cortinas e paninhos, que ela fazia questão de deixar enfeitados. Apesar de achar tal coisa desnecessária, era ela quem tinha feito, e Oscar se agradava ao ver as pequenas borboletas e flores feitas de fios coloridos, tão perfeitamente intercalados, presas às cortinas da janela da cozinha. Não conseguiria olhar tais coisas sem pensar nela, não conseguiria andar pela casa sem lembrar-se dela e, mais uma vez, estaria sozinho, no lugar que ela ajudara a ter vida novamente.

Aos quarenta anos, nunca havia sentido necessidade de se casar e formar uma família. Não era comum um homem de sua idade ser solteiro e não ter filhos, afinal, quem herdaria suas terras se ele não as tivesse para quem deixar? Além disso, era quase prova da virilidade de um homem ter muitos filhos. Mas ele nunca se importara com o que pensavam a seu respeito. Queria apenas viver e chegar até onde sua vida o levasse; e neste percurso, faria de tudo para continuar cuidando e progredindo a fazenda deixada a ele por seus pais.

Nunca acreditou no que sua mãe vivia lhe dizendo, sobre casar-se com uma mulher cuja fertilidade se estenderia àquelas terras, fazendo com que a prosperidade voltasse a reinar. Ela dizia isso desde que ficara doente, e tamanha era sua convicção, que ninguém ousava questioná-la. Ela passou a vida acreditando que dependia apenas de si que aquele lugar fosse abençoado e, de fato, as coisas iam muito bem até ela adoecer. Acreditava que conseguia trazer toda a fertilidade de que a mãe terra precisava, através de seu próprio sangue e suor. Oscar sabia que sua mãe fazia coisas misteriosas, pois sempre no primeiro dia de lua cheia, ela passava a noite ao relento, longe de todos, e na manhã seguinte, retornava pálida como cera, com os cabelos desgrenhados e cobertos de flores secas. De qualquer forma, ele acreditava que a mãe sofria de devaneios, mas seu pai confiava a própria vida à ela e suas superstições e rituais.

O que foi notavelmente estranhado pelos moradores curiosos daquela cidade, é que assim que a mãe de Oscar adoeceu, os animais começaram a adoecer também, e acabaram por perecer no dia em que finalmente ela morreu. Só o filho restara na família Cullen, e Oscar não tinha nenhum irmão, mas para ele, as coisas não estavam indo tão mal; mesmo sem aqueles benditos rituais.

Seu pai disse certa vez, quando já estava para morrer — pouco tempo depois que sua mãe já havia partido —, que as mulheres exerciam um poder incrível sobre os homens. "Vai existir aquela que fará você duvidar da própria sanidade, mas isso é normal, filho", ele dizia.

Oscar já havia se deitado com tantas mulheres ao longo da vida, mas mesmo se esforçando, não conseguia se lembrar de nada que o fizesse sentir algo especial por nenhuma delas. Eram todas mulheres ardentes, mas ao mesmo tempo, vazias de espírito. A única mulher que o fazia sentir algo, era Elisa, e agora ele entendia o que seu pai queria lhe dizer com aquelas coisas, pois mesmo antes de tê-la beijado e sentido o calor de seu corpo, só seu olhar carinhoso e sua voz doce já haviam sido suficientes para laçá-lo. E enquanto descobria dentro de si o que era o certo a fazer, ele percebeu que já fazia um bom tempo que ela o havia laçado como um verdadeiro animal. Se pensasse em sua vida, a coisa mais importante que surgiria, seria Elisa.

Ele, então, se lembrou do dia em que ela começara a fazer parte de sua vida, e que de algum modo, fez com que sentisse que as coisas nunca mais seriam as mesmas...

Oito anos haviam-se passado desde aquele começo de tarde acinzentado em que Oscar Cullen partiu para o centro da cidade em sua carroça. Sempre que podia, ele fazia a mesma coisa. Gostava de ir até lá principalmente para comer no restaurante caseiro da senhora Krasinski. Na maior parte das vezes, acabava por pedir um belo prato de schabowy; era quase um vício para ele. Sempre se sentava perto da janela e observava a movimentação das pessoas enquanto comia sem pressa, apreciando profundamente o sabor daquela comida que tanto agradava seu paladar. Acabava achando graça na falta de paciência da velha que volta e meia estava discutindo com algum de seus clientes ou funcionários. Mesmo assim, o restaurante tinha um bom movimento e era um dos melhores pontos para sentir um pouco menos da monotonia daquele lugar isolado e silencioso, onde todos faziam praticamente as mesmas coisas, todos os dias.

Assim que terminou seu almoço, era hora de comprar algumas coisas que já estavam faltando na fazenda. Precisava de mais pregos e boas estacas de madeira que só encontrava ali, no centro da cidade. Usaria para aumentar o espaço das ovelhas. Duas delas já estavam prenhes, e não levaria muito tempo para que o pequeno espaço onde costumavam repousar, se tornasse apertado demais.

Oscar caminhava sem pressa, aproveitando o calor fraco do sol que volta e meia escapava por detrás das nuvens, enquanto observava o patriarca da família González saindo do armazém, aparentemente irritado, gesticulando sem parar enquanto falava com o filho mais novo, Martino. Oscar realmente não gostava deles, principalmente do filho mais velho, Anton, que sempre arranjava problemas na cidade por conta do seu comportamento. O sujeito idiota vivia intimidando e constrangendo as moças que frequentavam a igreja, e sempre que as via, fazia comentários nojentos sobre o próprio pinto. Ninguém fazia nada a respeito, porque todos tinham medo daquela família e das histórias violentas que os acompanharam até aquela região do país. Histórias, essas, que os moradores acreditavam ser pura verdade.

Para Oscar, aquilo não passava de mentiras cretinas que espalharam para por medo nas pessoas que moravam naquela cidade. Ele era o único homem com quem eles não se atreviam a mexer. Talvez fosse o jeito sério que exibia a todos, e seu comportamento imponente. Principalmente na vez em que colocou os Gonzáles para fora de sua fazenda, quando os mesmos tentavam lhe convencer de que deveria se livrar de suas terras e vendê-las para eles. Estavam realmente interessados em suas terras por conta do rio que corria por ali.

Oscar até conseguiu ouvir cada palavra da proposta, sem esboçar nenhuma reação e sem dizer uma palavra, até o momento em que esperaram sua resposta e a única coisa que ele disse foi um sonoro: não. Eles chegaram a ameaçá-lo, dizendo que a proposta era boa e ele era apenas um homem sozinho, sem família, que teria coisas melhores para fazer longe dali do que permanecer em uma fazenda pobre, com meia dúzia de animais, que uma hora poderia acabar pegando fogo. "Nunca se sabe das coisas", o porco nojento, pai daqueles delinquentes disse enquanto soltava um riso patético da garganta. A única coisa que Oscar fez foi entrar calmamente e voltar com sua espingarda, antes de responder que sua fazenda nunca estaria à venda e que se voltassem a incomodá-lo, alguém poderia acabar levando um tiro. "Nunca se sabe das coisas", foi o que Oscar disse. Depois daquela noite, nunca mais o incomodaram.

Ele não dava a mínima para o assunto daqueles imbecis. Só tinha um objetivo a concluir antes de voltar para casa e estava prestes a fazê-lo, porém, antes de atravessar a rua para chegar à loja de ferragens, olhou à sua direita e reparou na menina, sentada sozinha, em frente ao único bar daquela região. Seus longos cabelos alaranjados, sendo soprados pelo vento, chamaram a atenção de Oscar, que assim que concentrou os olhos nela lembrou-se de quando padre Belamino descreveu sua imagem de como seria a aparência de um anjo e, por um instante, ele pensou que ela realmente fosse um. Tímida, a menina olhava para o chão enquanto agitava lentamente os pés no ar. Estava segurando firmemente uma sacola de pano suja.

Oscar acabou reparando no vestido velho que ela estava usando e em seus sapatos emporcalhados. Estavam em pleno outono naquele mês, e apesar do calor fraco do sol, havia um vento predominantemente gelado.

Oscar simplesmente não conseguia parar de olhar para ela. Talvez fosse o sentimento de pena ao ver uma garota naquelas condições, ou o fato de que sua beleza era fora do comum. De qualquer forma, voltando ao seu raciocínio lúcido de sempre, estranhou o fato de vê-la ali, sozinha, ainda mais em frente a um lugar daqueles. Sentiu seus pés mudarem de rumo, mas antes que chegasse até ela, um homem de estatura mediana, meio atarracado e vestindo um macacão velho, saiu de dentro do bar e disse para a menina:

— Venha! Depressa!

— Eu não quero ficar aí, papai! Por favor! — ela disse, engatilhando uma voz de choro, mas o homem a olhou com raiva e a puxou pelo braço, fazendo com que ela derrubasse a sacola que estava segurando. Oscar travou os passos e pensou por um momento em simplesmente dar as costas e continuar com seus afazeres, afinal, aquilo não era da sua conta, mas não adiantou pensar.

— Ei! O que está acontecendo? — perguntou. O homem olhou para ele com uma expressão vazia no rosto e respondeu:

— Por que não vai cuidar da sua vida? — Aquele sujeito lhe deu as costas e Oscar não soube o que responder. De repente, sentiu-se estúpido, e decidiu que o certo a fazer era largar daquele assunto e ir de uma vez comprar o que precisava antes de voltar à fazenda. Porém, mal tinha colocado os pés na rua quando o sujeito disse:

— Espere! Tenho uma proposta para fazer — Oscar terminou de atravessar a rua e parou para ouvir o que o homem queria dizer. — Fique aqui, Elisa.

O sujeito fedia a puro tabaco e álcool da pior qualidade, apesar de não caminhar como um bêbado. Empurrou Oscar para mais perto da parede atrás deles, e perguntou, quase em tom de sussurro:

— Você quer ficar com a garota? — Oscar franziu a testa enquanto tentava repassar a si próprio o que aquele homem acabara de dizer. — Veja, eu sou um homem sozinho. A maldita da minha esposa me abandonou com duas meninas para criar e acontece que elas só estavam me atrapalhando. Mal posso me sustentar também, por isso, estou vendendo a que sobrou. Elisa é uma menina muito bonita, não acha? E se levá-la, poderá fazer com ela o que quiser, basta que me pague a quantia de...

Oscar ficou tão perplexo com a proposta que acabara de receber, que custou a acreditar no que estava ouvindo. Sua única reação diante do nojo que sentiu, veio através do soco que fez o nariz daquele sujeito se quebrar, lavando seu rosto de sangue.

— Pegue a sua filha, volte para o buraco de onde você saiu e cuide dela, seu verme asqueroso!

Oscar olhou para o rosto espantado da menina, que olhava de volta para ele com seus olhos brilhantes e arregalados. Ela não correu até o pai, em vez disso, voltou a se sentar no banco enquanto observava-o gemer de dor.

Oscar sequer conseguia pensar em coisa alguma. Estava com tanta raiva que não conseguia nem lembrar do que precisava fazer. Voltou direto para a carroça, e assim que se sentou, resmungou ao ver o sangue daquele sujeito nos nós dos dedos de sua mão. De repente, ao olhar para trás, viu quando o dono do bar entregou dinheiro ao pai da garota. Ele estava contando cada nota enquanto a menina batia em seu peito com os punhos fechados. Só havia uma possibilidade que Oscar conseguiu avaliar naquele momento. Apesar de ter certeza de que se arrependeria depois, ele pegou o pedaço de madeira pesada que havia trazido com ele, para que servisse de medida para as estacas que compraria, saltou da carroça e caminhou até a frente do bar.

— O que pensa que está fazendo? — Oscar pegou o dinheiro que estava sendo contado e o jogou em cima do dono do bar. — Você quer tanto vender sua própria filha sem se importar com o que farão com ela? Pois bem, eu vou pagar por ela e lhe darei uma vida digna! Tudo o que eu tenho no momento está aqui. Pegue!

A menina olhava assustada enquanto o pai segurava nas mãos o dinheiro de Oscar. Ele começou a contar as notas lentamente e logo disse:

— Não é o suficiente! Este senhor aqui estava disposto a pagar mais! — Oscar ameaçou dar-lhe uma paulada e perguntou:

— Se eu abrir sua cabeça, aqui mesmo, será suficiente? — o sujeito suspirou irritado e guardou o dinheiro no bolso do macacão, antes de responder:

— Está bem. Ela é sua. Elisa! Vá com ele de uma vez e desapareça da minha vida!

Ela e Oscar se olharam, e em vez de vê-la consternada, a bela garota, de olhar profundo, parecia apenas conformada, mesmo com toda a raiva que mostrou ao olhar para o pai antes de dar a mão à Oscar. Assim que ele sentiu a fria e delicada mão apertando seus dedos ásperos, um pequeno nó formou-se em sua garganta. Não estava em seus planos voltar para casa com ninguém, muito menos com uma garota que não conhecia e que ainda por cima fizera com que ele se obrigasse a pagar por ela.

Oscar colocou sua sacola de roupas para dentro da carroça e a ajudou a se sentar enquanto observava os curiosos olhando e cochichando. A menina permaneceu séria, encolhida, enquanto olhava o horizonte vazio distante deles. Oscar respirou fundo e disse:

— Não sei cuidar de crianças.

— Não sou uma criança. Já sou uma mocinha — ela respondeu firmemente, sem ao menos olhar para ele.

— Está bem, mas antes, quero que olhe para mim e preste atenção — Elisa olhou com um leve espanto para ele, que continuou: — Eu não vou lhe fazer mal, está me ouvindo? A partir de agora você será apenas minha ajudante. Se você quiser, é claro.

— O senhor não tem olhos maldosos — ela respondeu. — Para onde vai me levar?

— Para a sua nova casa, Elisa. Este é o seu nome, certo? A propósito, me chamo Oscar. Oscar Cullen.

Enquanto percorria o caminho de volta para sua fazenda, Oscar se cobrava constantemente sobre o que faria com ela a partir dali. Quando a notícia sobre a garota em sua casa se espalhasse, começariam os comentários maldosos, e ele não estava certo de como lidaria com isso. Não que se importasse minimamente com o que as pessoas pensavam a seu respeito, mas seu temor, no momento, era o que falariam a respeito dela. Era apenas uma menina cuja vida já havia sido cruel o suficiente. Pensando nisso, ao olhar para ela, Oscar perguntou-se o que mais de ruim já teria lhe acontecido.

Alguns pais, nos limites da cidade, estavam oferecendo suas filhas para quem se interessasse em experimentar algumas meninas realmente novas; eram apenas crianças. Oscar soube disso ao ouvir uma conversa no bar, semanas antes, quando um homem contava a um velho, quase surdo, que uma das meninas que havia sido comprada dias antes, por alguém que ele não podia dizer quem era, havia sido encontrada morta em um morro próximo da fazenda dos Barletta. Oscar estremeceu ao lembrar-se disso.

— Está com fome, não está? — ele perguntou. Tímida, Elisa baixou a cabeça e respondeu:

— Sim, estou.

— Há quanto tempo não come? — ela virou o rosto e após um instante em silêncio, respondeu:

— Desde que partimos para chegar aqui.

— E de onde vocês vieram?

— Dos vales. Apesar de tudo, é um lugar bonito onde podemos ver as montanhas como se estivessem bem perto de nós, sabia?

Oscar estava sabendo da situação dos moradores da Aldeia dos Vales. Parecia impossível de se explicar como, de uma hora para outra, o lugar simplesmente transformou-se em um deserto após a grande queimada que devastou os trigais. As famílias que viviam por lá, trabalhavam unidas no cultivo do trigo, e aquele lugar havia sido realmente abençoado por Deus, até que a natureza pareceu se revoltar. Pelo que Oscar soube, uma onda de calor muito intensa atingiu a região, matando pessoas, animais e arrasando com qualquer coisa viva que existisse por lá. Logo depois, o fogo tomou conta daquele imenso campo de trigo e, então, nada mais restou na Aldeia dos Vales.

Quando o assunto chegou até ali, houve quem dissesse que só tinha acontecido tal desastre, depois que uma moça, trocada por outra antes do casamento, rogou uma praga para que o lugar definhasse junto com seu ex-noivo e toda sua família; em seguida, ela teria partido. Na opinião de Oscar, tratava-se de mais bobagens inventadas por pessoas que gostavam de fantasiar, e infelizmente, para seu desgosto, pessoas assim eram maioria naquela região.

Algumas famílias decidiram partir quando perderam tudo, e até que se restabelecessem, continuariam vagando de região em região. De qualquer forma, apesar da situação lamentável pela qual passavam, Oscar não conseguia ter estômago ao pensar nas meninas que estavam sendo vendidas como prostitutas em troca de algum dinheiro para seus pais. Era assim que Elisa acabaria, se ele não a tivesse comprado.

— Como está conseguindo parar em pé? A Aldeia dos Vales fica muito longe daqui. — Com certo constrangimento em sua voz, ela respondeu:

— Encontrei restos de comida pelo caminho. — Oscar suspirou fundo e disse:

— Bem, então vou levá-la até um lugar onde vai poder matar sua fome. Um lugar onde sempre tem comida e jarros de suco de limão fresco. — Ela olhou para ele e exibiu um sorriso tímido, antes de voltar a observar os campos altos que deixavam para trás.

Assim que adentrou a estradinha que levava à casa de campo, Oscar avistou a rechonchuda silhueta de Joanna aparando os arbustos que já estavam desregulares. Volta e meia ele acabava tratando daquilo, mas era algo que acontecia se passasse por lá após ficar certo tempo sem vê-la, e mesmo assim, ela se irritava, dizendo que era uma das coisas que mais gostava de fazer naquele lugar onde o tempo custava a passar. Oscar não se importava com suas reclamações, afinal, era o mais próximo de uma mãe que ele ainda tinha, e ajudá-la, por mais que tivesse de apelar para muita insistência, parecia ser sempre o certo a fazer.

Quando ele parou a carroça, Joanna tratou de acenar e exibir um sorriso cansado enquanto enxugava o suor da testa com as costas da mão. Ela largou a tesoura de jardinagem e estava indo até ele, quando seus pés pararam ao reparar em Elisa. Ela já não sorria mais, e seu semblante sereno deu lugar à uma expressão de espanto e preocupação.

Elisa olhava para ela, acuada, e apertou a mão de Oscar, demonstrando sentir medo. Ao perceber sua reação, ele disse:

— Acalme-se, está tudo bem. Ela é uma amiga da minha família.

— Se pensa que vai pegar minha tesoura e mexer nos meus arbustos, está enganado, filho! Não desta vez... — ela finalmente voltara à sua expressão habitual; sempre com um ar zombeteiro no rosto e um sorriso amigável. Joanna era a melhor amiga de sua mãe e sempre tratara Oscar como um verdadeiro filho, ainda mais depois que ele perdera os pais. — Não me diga que finalmente alguma daquelas desavergonhadas foi atrás de você com uma criança para assumir?

— Bem que você gostaria, não é? Pois não é nada disso. Elisa será minha ajudante e vai viver comigo a partir de agora. — Joanna olhou para Elisa e disse:

— Você é uma menina muito bonita, com um bonito nome, e parece bem cansada também. Está com fome? — Elisa esboçou algo próximo de um sorriso e assentiu com a cabeça. — Então nós vamos entrar e vou esquentar um belo prato de comida para você.

— Não se esqueça do suco de limão... — disse Oscar, acompanhando as duas até a casa.

Enquanto Elisa comia tranquilamente na sala, observando o sol alaranjado pela janela, Oscar se preparava para explicar a situação para Joanna, na cozinha. Assim que ele terminou seu copo cheio de suco em apenas três goles, Joanna, que olhava seriamente para ele, finalmente perguntou:

— E então? Quem é essa menina? — Oscar pousou o copo sobre a mesa e com um certo constrangimento no rosto, respondeu:

— Eu a comprei — Joanna balançou suavemente a cabeça, e como se pensasse mil coisas ao mesmo tempo, disse:

— Você a comprou... E como é que se compra uma garota? Eu conheço você desde pequeno e sei que não é um verme, então, me explique, como foi que acabou comprando uma garota?

As bochechas razoavelmente gordas de Joanna ficaram completamente vermelhas enquanto as palavras saíam de sua boca. Era uma reação basicamente maternal ao se deparar com algum problema sério causado pelo filho. Oscar a respeitava muito, e foi por isso que ele contou tudo a ela, da maneira mais calma e direta possível.

Quando terminou de contar o que havia acontecido, foi que percebeu que pela primeira vez, desde que se entendia por gente, conseguiu ver aquela senhora se calar absolutamente. Ela parecia pesarosa em sua cadeira, olhando para Oscar com grande tristeza no olhar; então ele pôde notar que seus olhos estavam cheios de lágrimas. Ela levantou-se e caminhou até a porta da cozinha em absoluto silêncio. Oscar permaneceu sentado, esperando que ela se recuperasse.

Joanna era uma mulher que nunca aceitaria se mostrar vulnerável diante de alguém, e o melhor a fazer era realmente deixar que ela se acalmasse sozinha, principalmente, por saber que se ela estava tão abalada, era porque um dia também passara pela mesma situação que Elisa; com a diferença de que tinha vivido boa parte de sua juventude "servindo" a homens em uma casa para moças. Nenhuma delas tinha família e nem como se sustentar, por isso, eram obrigadas a usar o próprio corpo em troca de um lugar onde pudessem se alimentar e dormir. Sua sorte ao menos mudara quando ela conheceu um homem que não a julgou pelo que sua vida havia lhe obrigado a fazer, e acabou se casando com ela. Essa era uma história que ele ouviu da própria boca de Joanna, enquanto ela partilhava o segredo com sua mãe. Ele tinha ouvido aquilo sem querer, certo dia, quando elas conversavam distraídas e Oscar estava prestes a interrompê-las para fazer uma pergunta à mãe.

Assim que se recompôs, ela se serviu de um pouco de água e perguntou:

— E como é que você vai cuidar dessa menina? Você sabe que não tem condições para isso no momento.

— Eu sei, mas vou fazer o melhor que puder. E também... preciso da sua ajuda.

— E por onde quer que eu comece? — ela perguntou, empurrando o copo d'água para longe.

— Pode ajudar Eleanor a ensinar as tarefas para Elisa e, se não for pedir muito, poderia fazer algumas roupas também?

Pagarei assim que puder. A menina veio com meia dúzia de trapos imundos e não tenho nada para ela vestir, muito menos dinheiro sobrando para comprar algo na cidade...

— Sim, eu sei... Está bem. Vou fazer isso. Farei o que puder pra ajudar, mas... você sabe...

— Sei o quê?

— A menina vai ficar mal falada. Vocês dois, na verdade, mas principalmente ela. Isso vai arruinar as chances de que um dia ela consiga um bom casamento.

— Por Deus, Joanna, eu mal consigo pensar no maldito dia de hoje! Prefiro que pensem o que quiserem a deixá-la nas mãos de algum porco nojento como o dono do bar que estava tentando comprá-la.

Os dois haviam passado muito tempo conversando na cozinha, e quando retornaram à sala, encontraram Elisa dormindo profundamente, recostada em uma cadeira de balanço. A pobre menina descansava tranquila em seu sono e enquanto dormia, sua beleza era ainda mais fascinante. O prato vazio de comida estava ao lado. Um sentimento estranho tomou conta de Oscar enquanto ele a observava e era difícil de explicar. Nem mesmo a conhecia, mas de alguma forma, sentia-se conectado à ela.

—Veja só! Estava exausta. Pobre menina... — murmurou Joanna. — Vou embrulhar alguns pedaços do bolo de milho que fiz hoje cedo. Tenho certeza de que ela vai gostar.

Oscar não sabia como acordá-la. Ele debruçou-se ao seu lado e simplesmente não sabia o que fazer. Tinha medo de assustá-la também. Pensou em cutucá-la com a mão, mas considerou que aquilo realmente poderia assustar, então, tentou apenas chamar seu nome, mas quando o fez, ela nem ao menos se moveu, tamanha era sua exaustão.

—Talvez seja melhor deixá-la passar a noite aqui. Assim, aproveito para tirar suas medidas. Posso levá-la de volta amanhã — disse Joanna.

— Me parece uma boa ideia. Obrigado.

Quando estava deitado em sua cama, tentando dormir, Oscar só pensava na menina. Se ela estaria bem, no que teria lhe acontecido até que ela pudesse chegar àquela cidade e em como seria sua vida ali com ele. Eram tantas coisas a se pensar! Já tinha tratado de comunicar seus poucos empregados sobre o ocorrido e exigiu total respeito para com ela. Sabia, na verdade, que não precisaria se explicar muito para eles. Todos o conheciam e sabiam que era um bom homem, mas mesmo assim, não toleraria nenhum tipo de comentário maldoso ou desrespeitoso que envolvesse Elisa.

Toda aquela agitação do dia simplesmente fez com que seu cansaço desaparecesse, e seu sono junto. Levantou por algumas vezes para beber água e olhar pela janela, enquanto observava o comportamento do vento forte que fazia as telhas chacoalharem e as frestas da casa assobiarem a cada rajada. Mas sempre que voltava para a cama, novamente acabava pensando na menina e no sentimento estranho que lhe dominava o peito. A partir daquele momento, teria alguém por quem se responsabilizar e ela dividiria aquela casa com ele, e ainda por cima, era uma menina, o que tornava as coisas mais difíceis. Teria de aprender a lidar com ela e ser cuidadoso para evitar certos hábitos, como sair nu da tina de banho e caminhar até o quarto sem sequer ter uma toalha cobrindo suas partes. Afinal, vivia ali sozinho, e não havia motivos para que tivesse qualquer pudor em sua própria casa.

Finalmente, o vento se acalmara junto de seus pensamentos, e Oscar pôde dormir. Quando o primeiro cantar do galo ecoou, ele já estava de pé, já tinha lavado o rosto na pequena bacia de metal, e estava se servindo de um pouco de café puro que Eleanor havia preparado. Era algo que ele sempre precisava antes de começar sua rotina.

Estava consertando os estragos que a ventania causara no curral das vacas, com a ajuda de Arnesto, quando Joanna apareceu trazendo Elisa em seu cavalo. O sol já estava alto naquele momento. Arnesto olhou com espanto enquanto as duas se aproximavam e Oscar disse:

— Lembre-se do que falei ontem, por favor.

— Sim, senhor.

Joanna estava sorridente como sempre, e Elisa parecia estar tranquila ao lado dela. Oscar largou o que estava fazendo e foi até elas, deixando que Arnesto continuasse o trabalho. Antes de ajudar Elisa a descer do cavalo, disse:

— Que bom que estão bem. Já estava ficando preocupado com a demora.

— Tínhamos muito a tratar e ainda temos. Quase desisti de trazê-la, mas esta menina simplesmente não quis ficar comigo! Acho que se sente mais segura com você — Elisa olhou para Oscar e suspirou, demonstrando um pequeno nervosismo por chegar ali.

— Bem, que bom que você a trouxe, ou eu iria buscá-la, afinal, agora ela é responsabilidade minha — ele sorriu para a menina. — Bem vinda, Elisa. Este é seu novo lar.

Elisa olhou assustada ao redor, principalmente ao ver a movimentação dos poucos empregados da fazenda que, apesar de tudo que Oscar dissera no dia anterior, não deixaram de se espantar com a beleza da menina que havia sido comprada.

Olhavam para ela como se viesse de outro mundo. Mais um pouco, acabariam por beliscá-la, simplesmente para constatar se a bela menina, de pele tão pálida, lábios tão vermelhos e cabelos alaranjados como fogo, era feita verdadeiramente de carne e osso.

Apesar de tão nova, Elisa sabia o que os empregados poderiam pensar sobre ela, graças a situação pela qual chegara até ali. De qualquer forma, estava nervosa por encontrar-se no meio de estranhos, em um lugar que, apesar de bonito, não era seu lar. Levaria tempo até se acostumar com sua nova vida.

— Puxa vida! Mas que estrago eu vejo aqui! — exclamou Joanna — Não pensei que o vento causaria tudo isso.

— Não teve como evitar... Já conseguimos arrumar o telhado da casa de Arnesto e o galinheiro, mas o pior estrago foi no curral. Vou ter de reforçar mais para que...

Oscar parou de falar quando viu Elisa se aproximando do poço. Tranquila, ela lançou o balde metálico para dentro e logo em seguida, começou a puxar a corda, lenta, porém, firmemente, até que alguns instantes depois, o balde despontou. Com uma delicadeza impressionante, ela o puxou para junto de si, despejou a água em um balde menor e o levou até um pequeno cabrito que olhava curioso para ela. O bichinho espantou-se para longe ao vê-la se aproximar, e assim que Elisa se afastou, o cabrito voltou correndo e começou a beber aquela água incansavelmente.

— Menina! O que pensa que está fazendo? — questionou Eleanor, com seus olhos indignados, como se Elisa tivesse feito algo terrível.

— Matei a sede do pobre animal, apenas isso.

— Pois deveria ter posto a água no cocho! É para isso que eles servem.

— Não tem motivos para discussões. Elisa fez bem. Além disso, ela acaba de chegar e ainda vai levar algum tempo até que se acostume com este lugar — disse Oscar.

Haviam-se passado três semanas, desde que Elisa chegara à fazenda, e Oscar começava a se acostumar cada vez mais com a presença dela em sua casa. A garota era esforçada de uma maneira que impressionava a todos, e mesmo em tão pouco tempo, já parecia estar plenamente acostumada àquele lugar; como se tivesse passado a vida toda ali. De qualquer forma, Oscar evitava ficar muito perto dela. Reparava que volta e meia, enquanto cuidava de seus afazeres, ela o observava. Talvez fosse simples curiosidade da garota, mas havia algo que lhe inquietava a respeito.

No momento em que jantavam juntos, os dois mal se olhavam, e Oscar limitava-se apenas a elogiar a comida que ela ajudava a preparar; quando muito, perguntava se estava gostando dali e se estava sendo bem tratada por todos. Ele ainda desconfiava de que Eleanor pudesse maltratá-la quando ele não estava por perto, mas aos poucos, com o passar dos dias, aquela desconfiança foi se dissipando de sua cabeça. Apesar da falta de simpatia entre as duas, sempre que as via conversando seriamente, pareciam realmente se respeitar.

Ao longo dos meses que se seguiram, as visitas de Joanna tornaram-se cada vez mais constantes. Elisa aproveitava para fazer chá e bolinhos, especialmente para a conversa das duas que se estendia quase até o fim da tarde, quando já era hora de fechar as janelas da casa e esperar que Oscar aparecesse cansado para jantar. Na verdade, Elisa esperava sempre ansiosamente por aquele momento em que sentia a última brisa do dia adentrando pela janela, e espalhando o cheiro da comida pela casa enquanto via a figura cansada de Oscar projetando-se ao longe.

Todos os dias, a rotina era sempre igual. Oscar despertava com o cantar do galo, e em seguida, tratava de levar as vacas para o curral para ordenhá-las. Elisa já estava com o café pronto quando ele retornava com o leite fresco. Ela fazia questão de lhe servir com todo cuidado que poderia ter. Queria que ele notasse seu carinho, por isso, toda vez que servia o café da manhã, ela sorria para ele, mas Oscar acabava sempre por ficar sem graça e tratava de terminar logo a primeira refeição do dia para que pudesse começar seus afazeres.

Elisa agradava-se em ajudar a tratar dos animais, e espantosamente, nenhum deles era arredio quando estava perto dela. As galinhas não se alvoroçavam quando ela se aproximava com sua delicadeza para pegar os ovos frescos, e os porcos ficavam em silêncio enquanto esperavam que ela despejasse a lavagem no cocho. Quando tinha um tempo para descansar, parava para conversar com as ovelhas, e elas sempre olhavam para Elisa como se entendessem exatamente o que ela dizia. E foi assim, que Elisa reparou na agitação de uma delas, cujos balidos tornaram-se incômodos, e afirmou que a ovelha estava prenhe. Oscar não entendia como ela conseguia perceber tal coisa de forma tão recente. Todos tinham certeza de que ela estava imaginando coisas, mas quando a ovelha já estava com a barriga distendida e os úberes maiores e pesados, Eleanor constatou que de fato, a ovelha estava prenhe, e espantou-se com as afirmações de Elisa.

Em dezembro daquele ano, Oscar e Elisa passaram seu primeiro Natal juntos. A colheita, que tanto estava causando preocupação graças ao frio intenso que logo chegaria, havia terminado sem grandes problemas, e os sacos cheios de milho puderam ser vendidos. Então, os homens puderam virar a noite cuidando da carne para a ceia, enquanto as mulheres preparavam os doces feitos com as frutas colhidas do pé.

Joanna decidiu ajudar a limpar a carne do imenso porco que seria servido na noite de Natal, porque Elisa simplesmente não conseguia olhar para a carcaça vazia e suja de sangue, sem lembrar-se dos guinchos desesperados do pobre animal antes de ser abatido. Na Aldeia dos Vales, mulheres e meninas não podiam matar animais, sequer vê-los sendo abatidos, pois acreditavam que presenciar a vida do animal se esvair, poderia secar-lhes o ventre.

Na véspera de Natal, Oscar levou Elisa até a igreja para uma missa, mas se arrependeu no minuto em que chegaram lá. Enquanto o padre tentava prosseguir com seu sermão — mesmo lutando para desviar os olhos da direção de Elisa —, os fiéis, alvoroçados, olhavam para os dois e cochichavam. Elisa simplesmente não deu tanta importância, apesar de não conseguir esconder seu desconforto. Oscar, ao contrário, ficou tão incomodado que estava prestes a se levantar e mandar àquele povo para o quinto dos infernos, sem se preocupar se padre Belamino se escandalizaria com sua atitude, mas Elisa, em um gesto de extrema delicadeza, segurou em sua mão e sorriu, na tentativa de acalmá-lo.

— Está tudo bem — ela disse. Oscar não sabia o que fazer com a mão dela encostada à sua. Era estranho e desconfortante para ele, porém, faltou-lhe coragem para afastá-la e ele permaneceu paralisado no banco.

Na noite de Natal, sob a luz do luar fresco, todos comiam juntos na grande mesa que fora montada. Eleanor descobriu que estava esperando mais um filho, e mal conseguia permanecer à mesa por conta de seus enjoos, então, Elisa sentou-se com ela, afastada dos outros, para que não ficasse sozinha.

Após a ceia, quando todos já haviam retornado para suas casas, Elisa escapou para tomar um pouco de ar fresco. A noite estava linda lá fora e tudo o que ela queria era apreciar um pouco mais da paz que havia naquele lugar. As corujas piavam, perdidas por ali, e os grilos cantavam alto. Elisa deitou-se entre as laranjeiras, sentindo o cheiro suave das flores enquanto se agraciava com o céu estrelado.

Quando estava quase adormecendo ao relento, ouviu um barulho que vinha da varanda e assustou-se. Todos estavam dormindo naquela hora. Ao concentrar seus ouvidos, ela ouviu o ranger da cadeira de balanço e decidiu ir até lá. Enquanto se aproximava cautelosamente, ouvia os passos que ficavam mais altos. Elisa, então, abaixou-se atrás da cerca de arbustos e escutou quando Oscar tentou silenciar o cavalo antes de montá-lo e sair apressado dali.

Inquieta diante daquela situação, ela correu de volta para casa, foi até o quarto de Oscar e viu que ele realmente não estava lá. Seu coração se encheu de preocupação, a princípio, mas acabou lembrando-se dos motivos pelos quais seus pais costumavam discutir longe dela e da irmã; e era sempre por que ele saía à noite, às escondidas, para se encontrar com outras mulheres. Quando pensou que esse seria o motivo pela fuga repentina de Oscar, Elisa tomou-se por um sentimento raivoso que não sabia explicar de onde vinha. Imaginá-lo com outra mulher simplesmente a fazia sentir raiva. Era algo que não conseguia controlar.

Naquela noite, Elisa não conseguiu dormir. O dia já estava amanhecendo e Oscar ainda não havia chegado. Antes do cantar do galo ela já estava de pé, o café estava sendo passado e enquanto isso, esperava impacientemente por Oscar.

Assim que o dia começou a diminuir sua escuridão, finalmente Elisa ouviu o trotar do cavalo. Sentou e esperou que Oscar entrasse, mas ele estava demorando. Quando finalmente ele passou pela porta e a encontrou aborrecida, percebeu que ela havia notado sua ausência.

— Bom dia, Elisa — ele disse, caminhando apressado em direção ao quarto. Ela sequer respondeu.

Mais tarde, quando todos estavam cuidando de seus afazeres, Elisa procurou pelas roupas de Oscar, tomada por uma curiosidade inquietante que mais um pouco lhe ferveria os miolos. Quando as encontrou, descobriu o motivo pelo qual ele decidira escondê-las: as roupas tinham cheiro de mulher e havia manchas de batom em suas ceroulas. Elisa ficou abismada, e ao mesmo tempo, constrangida, enquanto observava as manchas borradas de batom vermelho e tentava imaginar por que uma mulher encostaria a boca nas ceroulas de um homem. Mil coisas começaram a se passar em sua cabeça naquele momento, e de tudo que ela conseguia ter certeza, era de que estava aborrecida.

Dois anos depois, Oscar estava cuidando da pastagem, juntamente com Arnesto e seu filho mais velho, Daniel, quando ouviu os gritos desesperados de Elisa. Assustados, eles correram imediatamente até o rio, onde ela havia dito que iria tomar um banho para se refrescar daquele calor intenso que fazia. Pelos gritos, Oscar tinha certeza de que ela teria sido picada por uma cobra, e ao chegarem lá, encontraram-na nua, agarrada à uma toalha suja de sangue e completamente assustada...

— Eu acho que... Eu acho que...

— Acalme-se e conte o que aconteceu — Oscar disse, tentando se aproximar, mas ela gritou:

— Não! Fique aí, por favor!

— Elisa, mas...

— Eu acho que estou morrendo — Oscar olhou para o sangue em suas pernas, e então lhe ocorreu o que estava acontecendo.

— Algum bicho te mordeu, menina? Foi atacada? — Arnesto perguntou.

—Não! Eu só... Acho que tem alguma coisa nesta água. Eu estava tomando banho e quando saí... comecei a sangrar... Estou sentindo uma dor muito forte dentro de mim — ela tremia e seu rosto estava assustadoramente pálido.

— Vai ficar tudo bem, Elisa, deixe que eu me aproxime para te levar de volta para casa. Eu não quero constrangê-la, mas preciso tirar você daqui! — Elisa segurou o choro e deixou que ele se aproximasse. Oscar não sabia como olhar para ela, então limitou-se a pegá-la nos braços, cuidando para que a toalha a mantivesse coberta.

Quando Oscar apareceu com Elisa nos braços, Eleanor foi correndo até eles com seu olhar de preocupação e perguntou:

— Mas o que foi que aconteceu com a menina?

— Está sangrando. Corra e prepare um banho para ela, por favor.

Naquela tarde, Eleanor e sua filha mais velha, Lucia, explicaram à Elisa sobre o que estava acontecendo com seu corpo, enquanto ela permanecia mergulhada na tina de banho. Lucia lhe preparou um chá para que a dor que sentia no ventre se abrandasse, e a ensinou como usar paninhos para conter seu sangramento.

E foi assim, que naquele fim de tarde quente, Elisa descobriu que já poderia dar filhos a um homem. Deixara de ser menina, para se tornar mulher. Sua mãe nunca lhe preparou para aquele momento. Nenhuma das outras mulheres que viviam por perto, na Aldeia dos Vales, já haviam conversado sobre tal coisa com suas filhas.

Apesar de constrangida, porque todos na fazenda já estavam sabendo do ocorrido, e mesmo com toda a dor que parecia espremer seu ventre, Elisa sentiu-se feliz ao saber que seu corpo já estava pronto e imaginava como deveria ser incrível carregar um filho na barriga. Quando Eleanor estava grávida do pequeno Lucero, Elisa gostava de observá-la caminhar para lá e para cá com aquela pança enorme, e acabava por se encher de curiosidade ao imaginar como era possível que uma criança crescesse dentro da barriga de alguém.

Alguns dias depois, Oscar ainda estava desconcertado depois do que havia acontecido com Elisa, e para quebrar um pouco do silêncio na cozinha, perguntou:

— Você está bem agora? Está tudo bem com você? — Elisa sorriu e respondeu:

— Sim, obrigada. — Mais um minuto de silêncio e ela acrescentou: — Sabe, Eleanor disse que meu corpo já está pronto.

— Pronto para quê?

— Para gerar um filho — Oscar tossiu, demonstrando constrangimento, e bebeu um gole de água antes de olhar para o próprio prato e dizer:

— Sim. É verdade... E quando chegar a hora, você encontrará um bom marido e terão muitos filhos. Lembra-se daquele rapaz de cabelos cacheados? Francesco, o filho dos Barletta...

— O que tem ele? — Elisa o interrompeu, desinteressada.

— Bem, eu vejo o jeito como ele olha para você e...

— Eu não gosto que ele olhe para mim. Se um dia me casar com alguém, não será com ele — ela enfatizou, com um tom de irritação na voz. Oscar ficou mais um tempo em silêncio e disse:

— Só quero dizer que... Sei que um dia vai conhecer um homem de quem vai gostar, e então, vai poder partir e casar-se com ele. Vão ter filhos e... — Elisa sentou-se mais perto dele e questionou-o diretamente:

— Um dia você será esse homem? — Oscar olhou nos olhos dela, totalmente sem reação, e pela primeira vez, percebeu que Elisa olhava para ele como uma verdadeira mulher apaixonada. Ele sentiu aquilo de maneira tão intensa através daquele olhar, que acabou por sentir-se ainda mais constrangido com o rumo da conversa.

— Elisa, eu... Bem, nós... Eu não olho para você desta forma e...

— É por que você teve de pagar por mim?

— Não fale assim. Faz soar como se você fosse minha propriedade e eu já disse milhares de vezes que não é! Você é livre, Elisa, e é muito jovem ainda. Vai viver e sentir tantas coisas ao longo da vida! Você está apenas confusa. Sei que vai conhecer um jovem rapaz, que vai ser bom para você, que vai te amar e...

— Então eu não quero conhecê-lo! — ela disse antes de se retirar da mesa.

Com o passar do tempo, Elisa já cuidava daquela imensa casa sozinha, e fazia questão de ajudar a alimentar os animais; mesmo assim, Eleanor, sempre que podia lhe oferecia ajuda. Principalmente na hora de fazer os pães. Elisa aceitava e as duas faziam em grande quantidade para que pudessem dividir, e também, porque ainda não tinha tanta força muscular para sovar tanta massa, e mesmo com a ajuda dos braços hábeis de Eleanor, sempre acabava com suas mãos e braços doloridos e cansados. Mas ela não se importava. Adorava lidar com a massa debaixo do sol que entrava pela janela, enquanto ouvia as lendas que aquela senhora distinta contava sobre a mãe de Oscar.

Oscar havia separado um pedaço de terra, de frente para a casa, para que Elisa pudesse ter um jardim só dela. Era ela quem sempre cuidava das rosas e das flores que traziam tanta cor àquele lugar. Cuidava também das laranjeiras, que naquela época, estavam florescendo, dando boas-vindas aos novos frutos. Elisa simplesmente adorava o cheiro daquelas pequenas flores, e logo que começavam a se soltar dos galhos, ela as colhia e guardava em um saquinho de juta, que logo depois era costurado e deixado no quarto, ao lado de sua cama, para que pudesse aproveitar a sensação de calmaria que a fragrância das pétalas lhe proporcionava.

PARTE II
SENTIMENTOS

Cinco anos haviam-se passado desde que Oscar Cullen trouxera para casa a garota comprada. Era essa a forma mais delicada pela qual Elisa era conhecida na região. Fato que incomodava Oscar profundamente, a ponto de certo dia — enquanto estava acompanhado por ela durante um passeio no centro da cidade —, ter feito um sujeito desprezível cuspir os dentes.

Absolutamente nada acontecia naquele lugar. Os maiores acontecimentos era quando nascia e morria alguém, até que um dia, em um meio de semana, espalhou-se a notícia de que músicos estavam chegando para se apresentar no coreto da cidade. Todos ficaram animados, pois era a primeira vez em muito tempo que algo realmente divertido estava para acontecer.

Na fazenda Cullen, Elisa era quem mais se entusiasmou com a ideia de ver os músicos, pois aparentemente, era a única coisa da qual ela sentia falta desde que deixara a Aldeia dos Vales. Pensando em vê-la feliz, Oscar decidiu que a levaria para se divertir na noite de sábado.

Lucia também estava animada, e acompanharia Elisa e Oscar no passeio. Inclusive, fez questão de ajudar Elisa a se arrumar, apesar de perceber que não havia exatamente o que pudesse ser feito, pois sua beleza era tão encantadora, que não faria diferença se ela andasse nua, com a pele suja e os cabelos desgrenhados.

Durante a noite fresca do sábado, Elisa não conseguiu conter sua alegria em ouvir as músicas que lhe agitavam o espírito. Quando os músicos começaram a tocar, até o ser mais retraído, que só passara por ali em uma crise de curiosidade, começou a dançar, sendo levado pelo ritmo divertido que estava sendo tocado. Por um momento, a presença de Elisa deixou de ser notada, e tudo que enfeitiçara os presentes, foi apenas a música.

Quando Elisa pôs-se a dançar, puxou a mão de Oscar para que a acompanhasse, e apesar do susto em tê-la tão perto de si, ele não conseguiu resistir ao fascínio que era vê-la sorrindo daquela forma. Não tinha como dizer não, apesar de ter omitido o fato de que odiava dançar. Sua mãe bem que tentara lhe ensinar alguns passos de dança, mas definitivamente, ele não gostava e sentia-se profundamente desconfortável; porém, estar tão perto de Elisa lhe agradava o suficiente para esquecer-se do que normalmente seria um incômodo.

Enquanto dançava despretensiosamente, Elisa parecia ter deixado o próprio corpo. Era como se não visse mais nada ao redor, mas durante esse processo de quase transe, ela sequer conseguira perceber o quanto Oscar estava hipnotizado, olhando para ela. Ele já não era mais dono de seus próprios sentidos. Anestesiou-se por horas sem saber exatamente o porquê de não conseguir tirar os olhos dela. Ele também não havia percebido que Anton González a observava igualmente hipnotizado do outro lado da rua. Se tivesse percebido, a levaria para casa para que tal sujeito odioso não pudesse manter os olhos nela.

Apesar da distração de Oscar sobre o que acontecia ao redor, Martino González, ao perceber os olhares endiabrados do irmão, pôs-se de frente para ele, antes de dizer:

— Tire os olhos da moça, ela não é para você. Além disso, todos sabem que apesar de Oscar Cullen não a ter assumido como mulher, ela é completamente apaixonada por ele. — Anton levou alguns segundos para processar o que seu irmão havia dito, e então, respondeu:

— Uma pena... Talvez se eu tivesse uma mulher como ela, pudesse mudar de vida.

— Você apenas desgraçaria a vida dessa pobre moça. Com muita sorte você ainda consegue se deitar com as prostitutas da cidade. Quem sabe um dia acabe se casando com alguma coitada que se sujeite ao animal que você é?

Anton González riu alto, escapando dos longos minutos em que se imaginou tocando Elisa e a olhando nos olhos. De fato, acreditava que ao lado de alguém como ela, pudesse achar o que faltava para que passasse a ser uma pessoa melhor; pois Elisa realmente parecia ser uma divindade. Talvez os boatos fossem verdadeiros, talvez ela viesse de outro mundo. Talvez, se a olhasse nos olhos, ela tomaria sua alma e o condenaria por todos os pecados que cometera.

— Quer saber de uma coisa? Vou para casa. Bebi demais por hoje e quero esquecer que este maldito lugar existe. E que Oscar Cullen e essa garota vão para o quinto dos infernos acompanhados por você! — Disse Anton, empurrando o irmão para longe.

Quando Elisa finalmente percebeu que Oscar estava olhando diretamente para ela, aproximou-se o suficiente para olhá-lo nos olhos antes de grudar seu corpo no dele e aconchegar a cabeça em seu peito, suspirando de cansaço. Oscar estremeceu, sentiu o coração acelerar e antes que pudesse instintivamente abraçá-la, seus ouvidos captaram quando alguém, bem atrás deles, passou resmungando: "sim, a garota comprada. Onde já se viu uma coisa dessas? Não existe mais pudor nesta cidade"

Elisa estava tão distraída de alegria, que sequer escutou o que tinha sido dito, motivo, esse, que não compreendeu quando Oscar se afastou bruscamente antes de acertar um soco em um sujeito magro e comprido, cujos cabelos eram estranhamente penteados, de forma que tentasse passar despercebido os poucos fios que lhe restavam na cabeça. A festa, infelizmente, acabara ali, e Oscar teve de levar Elisa e Lucia para casa antes que aparecesse mais alguém para lhes falar asneiras.

Quando estava em sua cama, tentando dormir, mais uma vez o sono fugia de seu corpo. Oscar não conseguia tirar da cabeça os olhares de Elisa enquanto dançavam juntos. Era algo realmente hipnotizante. Ela seduzia simplesmente com o olhar, e ele não deixava de sentir o quanto aquilo lhe perturbava. Estava confuso naquele momento, afinal, sabia, por mais que tentasse negar a si próprio, que Elisa estava apaixonada por ele há muito tempo.

Depois de alguns anos terem se passado desde que Elisa chegara à fazenda, todos já haviam se acostumado com sua espantosa beleza, apesar de em alguns momentos, especialmente sob a luz do luar, houvesse quem fosse supreendido ao percebê-la ainda mais linda.

Justamente graças ao passar dos anos, Elisa já não tinha mais o mesmo corpo de menina. Já havia se tornado uma moça feita, cujos contornos do corpo chamavam a atenção de qualquer homem, e devido a isso, alguns pretendentes começaram a aparecer para ela, causando certa agitação por ali. Oscar sabia que ela já estava na idade de se casar, mas Elisa não se importava; sempre dava um jeito de espantar os rapazes sem dar sequer uma chance de conhecê-los. Recusava-se a ouvir falar a respeito de pretendentes ou casamento. Tudo que lhe interessava estava ali, na fazenda.

O único que insistia em continuar tentando conquistá-la, era Francesco Barletta, o filho mais velho do criador de porcos da família Barletta. Os negócios com os defumados de porco iam bem, e o rapaz era considerado o pretendente ideal pelas moças da cidade, mas ele parecia não desistir de Elisa. Estava obstinado a conquistá-la de qualquer maneira. Até mesmo uma carta de amor escrevera para ela, mas Elisa era irredutível. Parecia odiá-lo somente por respirar. Seu humor transformava-se a cada vez que ela o via chegando e sempre fazia com que Oscar tivesse de dispensá-lo. Porém, certa tarde de sábado, Elisa estava voltando da casa de Joanna, quando chegou e deu de cara com Francesco e seus cabelos encaracolados esperando por ela na sala, ao lado de Oscar. Ela espantou-se, mas por educação, o cumprimentou e obrigou-se a se sentar com eles, visivelmente incomodada. Francesco olhava apaixonadamente para Elisa, enquanto ela olhava para os cantos e Oscar analisava os dois sabendo que dali não sairia nada.

— Você está cada dia mais linda, Elisa — ele disse. Elisa arregalou os olhos e sentiu as bochechas se avermelharem, antes de olhar para Oscar em busca de alguma reação, mas ele estava tão sério quanto ela mesma.

— Obrigada — ela respondeu rudemente, voltando a analisar as próprias mãos enquanto chacoalhava lentamente as pernas tomadas pelo nervosismo.

— Francesco veio pedir minha permissão para namorar você — disse Oscar, visivelmente incomodado — mas, eu não sou seu pai, e não tenho nenhum direito de interferir em nada que você queira. Sabe que sempre foi livre para fazer suas escolhas, então, é você quem tem que decidir se aceita.

O coração de Elisa batia forte no peito quando ela olhou para Francesco, tentando controlar o nervosismo que agitava suas mãos, e disse:

— Será que podemos dar uma volta pela fazenda?

O semblante de Oscar mudara imediatamente. Ele não esperava que Elisa tomasse tal atitude. Pensou que ela faria o mesmo de sempre: espantá-lo para longe, assim como fazia com os outros, mas aquele convite repentino fez com que Oscar sentisse algo que nunca sentira antes. Foi um momento em que, pela primeira vez, ele parou para pensar que de repente, de uma hora para outra, Elisa pegaria suas coisas e partiria com algum rapaz e ele nunca mais a veria. Era um sentimento estranho para ele. Tantas pessoas passaram por sua vida e ele não sentia falta alguma, mas deduzir que Elisa poderia deixar aquela casa era algo que o pegara de surpresa e Oscar sentia o quanto aquela sensação de perdê-la lhe cutucava o peito.

— Você tem certeza de que quer isso? — Oscar perguntou, ainda sem acreditar. Ela olhou para ele profundamente antes de responder:

— Sim. Eu tenho certeza.

Elisa tomou-se por um grande sentimento de tranquilidade enquanto andava com Francesco em direção ao rio. Era o melhor lugar para que tivessem uma conversa longe de todos os olhares curiosos. A tarde estava agradável e a brisa do fim do dia ajudava a refrescar o calor daquela época do ano. Em momento algum, ela deixou que Francesco ficasse perto o suficiente, e quando os dois pararam diante da água, Elisa olhou para o rapaz e disse:

— Por favor, peço que nunca mais volte aqui. Eu nunca poderei ser nada sua, porque já existe alguém que amo e com quem escolhi ficar!

Francesco era um rapaz alto, de cabelos curtos, encaracolados e tinha um belo par de olhos verdes. Seu semblante era sempre sereno, mas naquele momento, irritado por ter suas esperanças destruídas da maneira mais direta possível, Francesco mordeu o lábio e suspirou, demonstrando o quanto estava frustrado. Elisa sabia que ele realmente gostava dela, porque ela enxergava em seus olhos.

— Você não pode estar falando sério! — ele deu as costas para ela e ficou um minuto em silêncio, antes de continuar: — Então é verdade o que todos na cidade comentam?

— E o que todos comentam? — Elisa questionou, irritada.

— Que você é apaixonada por Oscar Cullen! O homem que comprou você de um velho bêbado! — Elisa ficou tão chocada ao ouvi-lo dizer tais coisas, que quando se deu conta, a palma forte de sua mão estalou no rosto de Francesco. Seus olhares se cruzaram, e por um instante, Elisa se arrependeu de ter feito aquilo. Acabou por sentir pena dele, porque sabia o quanto doía amar alguém que não retribuía tal sentimento.

— Você não tem o direito de falar assim! Oscar sempre me respeitou e graças a ele, hoje eu vivo em paz.

— E ele ama você? Tem certeza de que ele sente por você o que eu sinto?

— Eu sei que vou conseguir fazer com que ele me ame! — Francesco riu debochadamente e disse:

— Então prefere viver amarrada a um homem que já experimentou metade das vagabundas da região?

— Cale a boca! — ela gritou. O que ele disse a tirou do sério. Aquela era uma dura realidade da qual Elisa já tinha noção, a cada vez que Oscar escapava durante a noite. Era inaceitável para ela que o homem que amava estivesse com outras mulheres, enquanto se recusava a olhar para ela.

— Eu poderia te fazer a mulher mais feliz do mundo! Eu penso em você o tempo todo... A verdade é que você me deixa louco! Eu só queria uma chance, apenas isso, para que você pudesse ver que sou melhor que ele!

— Eu sinto muito, mas como poderia me fazer a mulher mais feliz do mundo se nunca amarei você? Entenda, por favor!

— Acho que você só não consegue porque nunca se sentiu como uma mulher de verdade, não é?

— A nossa conversa acaba aqui — ela disse, mas assim que deu as costas a Francesco, sentiu seu braço firme lhe puxar pela cintura, e quando ela virou-se, seu rosto estava tão perto do dele que não conseguiu reagir de forma alguma. Os olhos dele, tão perto dos seus e a respiração fresca entrando em sua boca fez com que seu corpo amolecesse como se tivesse virado uma boneca de pano.

Antes que pudesse voltar a si, sua boca estava colada na dele. Elisa sentia o corpo todo arder. Era uma sensação tão forte que se espalhava por dentro dela, que parecia impossível de se aplacar. Era inexplicável o quanto era intenso o desejo de simplesmente prolongar aquilo para a vida toda. Apesar de nunca ter sentido nada de bom por Francesco, seu corpo lhe implorava para que aquele beijo não acabasse mais. Quando sentiu a língua dele invadir sua boca, pareceu que o calor doentio que se espalhara por sua pele ia fazê-la pegar fogo. Francesco lhe apertava a cintura, mordiscava sua orelha e quando encostou a boca em seu pescoço, Elisa gemeu, e parecia que nunca mais conseguiria controlar seu corpo. Mas, de repente, ela imaginou Oscar a beijando, e conseguiu se soltar de Francesco. Sua respiração estava absolutamente ofegante e o calor que sentia era tão intenso, que sua pele ardia febrilmente.

— Eu vou repetir! Nunca mais me procure! Esqueça que eu existo e esqueça que isso aconteceu!

Elisa correu dali o mais rápido que pôde. Queria livrar-se daquela sensação arrebatadora ao qual seu corpo se submetera, mas parecia impossível; precisava sentir aquilo de novo. Assim que se aproximou da casa, avistou Oscar, esperando do lado de fora da varanda, e teve certeza de que não poderia olhar em seu rosto. Não naquele momento. Elisa, então, passou direto por ele e se trancou no quarto. Oscar sequer teve chance de fazer qualquer pergunta.

Aquela havia sido uma longa noite. Elisa passou a noite inteira acordada, com os olhos arregalados no escuro do quarto, lembrando-se do beijo de Francesco. Seu corpo continuava a pedir mais daquela sensação incrível que experimentara, mas ao mesmo tempo, pensava em Oscar, e no quanto queria que ele a tivesse beijado. Queria que sua boca fosse a primeira e única a experimentá-la. Queria saltar para o quarto dele e se enfiar em sua cama, mesmo sem saber exatamente o que aconteceria. Só queria acabar com aquela sensação que ardia em seu corpo como brasa viva.

Oscar sentiu-se profundamente tentado a bater à porta do quarto de Elisa, para que ela lhe contasse o que havia acontecido durante o passeio com Francesco e que acabara por deixá-la tão abalada. Mas, parte dele lhe dizia que não tinha o direito de importuná-la. De qualquer forma, também pensou em ir atrás de Francesco na manhã seguinte e tentar arrancar algo dele, pois nada tirava de sua cabeça que aquele garoto sonso tentara se aproveitar de Elisa, e aquilo, era inadmissível. Ao mesmo tempo que pensava em toda aquela situação, não deixava de perceber que, no fim das contas, era ciúmes que estava sentindo, e por fim, resolveu calar-se e deixar que Elisa se acalmasse.

Alguns dias depois, Elisa continuava se afastando de Oscar. Quando ele entrava na cozinha, suas mãos começavam a tremer e seu corpo ficava pesado, e então, ela permanecia o mais longe que podia dele. Evitava olhá-lo diretamente, porque quando enxergasse seu rosto, aquela sensação inquietante que continuava a atormentá-la voltaria e ela não saberia como fazer para controlá-la. Aquilo estava realmente a torturando. Cada vez que Oscar passava por ela, seu cheiro a invadia, e Elisa sentia o desejo inesgotável de beijá-lo. Há várias noites, sonhava incessantemente que estava aos beijos com Oscar. Acordava úmida e delirante, mas ao mesmo tempo em que mantinha suas esperanças de conquistá-lo, lembrava-se do que Francesco havia dito, e seu coração tomava-se por uma dor que parecia consumi-la cada dia um pouco mais.

Alguns meses depois, Lucia, a filha mais velha de Eleanor e Arnesto, ficou noiva. O casamento já havia sido marcado e os preparativos para a festa estavam sendo planejados. Oscar parecia estar mais contente naqueles dias, pois tinha a família de Eleanor como sua, e a maneira como encontrou para agradecer por tudo o que já haviam feito em todos os anos de lealdade e trabalho duro, foi oferecendo toda a comida que seria servida na festa. Muitos convidados chegariam à fazenda em breve, e tudo sairia conforme o que estava sendo planejado.

Oscar, certa vez, contara à Elisa, que Eleanor e o marido haviam sido os únicos que permaneceram na fazenda após a morte de sua mãe, porque os outros empregados não confiavam que ele conseguisse mantê-la nos eixos sem os rituais de Amallia Cullen. Oscar acreditava que tudo não passava de coincidência, mas para os outros, a fazenda somente era próspera graças a ela e seus rituais.

Joanna falava muito sobre Amallia, a mãe de Oscar, e sua conexão espiritual com a natureza, na qual Joanna também acreditava e até mesmo colocava alguns rituais em prática em sua própria casa. Ela explicava que tudo fazia sentido: "A mulher dá a vida através das sementes plantadas nela por seu marido, assim como a mãe terra, que recebe as sementes que o homem planta. Tudo está conectado, ser humano e natureza".

Praticamente toda a cidade acreditava que Amallia tinha o dom de se comunicar com deuses pagãos, através dos rituais que costumava praticar sob a luz das luas, e dessa forma, conseguia com que a natureza espalhasse apenas a vida naquele lugar. Por isso, quando ela morreu, e não só os animais como a vida ali pareceu ter se abatido junto, foi a confirmação de que todo e qualquer boato a seu respeito, era a mais pura realidade.

Eleanor e Arnesto nunca gostaram daquelas ideias sobre rituais, deuses pagãos, estatuetas de homens com chifres e santuários estranhos; eram por fé, católicos desde sempre, e jamais acreditariam em outro deus que não fosse cristão. De qualquer maneira, para eles, não importava em que a família Cullen acreditava, pois Oscar sempre fora um bom rapaz, e todos ali sempre se ajudavam; especialmente após a morte de Amallia e Alexander.

Quando finalmente faltava apenas uma semana para o casamento de Lucia, Elisa estava chegando ao rio para lavar as roupas enquanto o sol ainda brilhava forte. Carregava a bacia despretensiosamente apoiada nos quadris. Até o fim da tarde, as roupas estariam secas e ela poderia passá-las após o jantar, enquanto deixaria água esquentando para preparar um chá de folhas de maçã, antes de ir para a cama. Porém, ao se aproximar do rio, Elisa avistou Oscar, distraído na água, completamente nu. As roupas que ele havia tirado estavam pousadas sobre a pedra. Seu coração disparou dentro do peito e seus olhos tomaram-se por um fascínio absoluto ao ver a musculatura bem desenhada do corpo dele. Oscar era um homem alto, forte, de cabelos levemente dourados, muito finos, e mesmo aos quarenta anos de idade, nenhum fio branco parecia querer surgir em sua cabeça. Seus olhos eram penetrantes e a cada vez que olhava nos olhos de Elisa, ela simplesmente sentia-se sem forças para nada.

Não conseguia parar de olhar para ele. O desejo que havia tentado controlar arduamente ao longo dos meses, se manifestara em seu corpo de forma violenta; e era algo que parecia irreprimível. Elisa já nem imaginava por quanto tempo permaneceu petrificada como uma estátua, observando o homem que fazia seu coração bater forte, completamente nu diante dela. Queria desesperadamente tocá-lo, beijá-lo e mergulhar com ele naquelas águas frias, para que talvez assim, ele pudesse aquietar o demônio que agitava seu peito naquele instante.

Oscar não havia notado a presença de Elisa. Estava tranquilo, jogando água no corpo e livrando-se do cansaço do trabalho. Mas, de repente, ele virou-se em direção à ela, e encontrou-a paralisada, com a bacia de roupas apoiada nos quadris. Oscar conhecia aquele olhar muito bem, e ficou completamente constrangido com a situação. Apesar de saber da paixão que Elisa nutria por ele, toda vez que olhava para ela, era como se estivesse vendo um anjo, e naquele momento em que ela apreciava a sua nudez, ele sentia-se como um verdadeiro pecador. Principalmente, porque não conseguiu deixar de perceber que estava gostando da forma como ela olhava para ele. Se fosse qualquer outra mulher, apenas se aproximaria e a beijaria, antes de acariciá-la completamente nua, e então, faria amor com ela. Mas Elisa era proibida para ele. Nunca sairia de sua cabeça o dia em que a trouxe para casa, ainda menina, daquela forma tão inesperada. Suas intenções foram apenas de salvá-la, porém, quando via diante de si uma jovem mulher, cheia de desejos, era difícil resistir.

— Elisa! Por favor, vire-se para que eu possa me vestir — Ela permaneceu imóvel, sem parecer ter escutado o que ele havia dito, então, Oscar saltou para fora da água e vestiu-se o mais rápido que pôde, chegando a vestir a camisa aos avessos.

Quando ele se aproximou dela, olhou em seus olhos e tirou a bacia de suas mãos, Elisa simplesmente desmaiou. Oscar largou as roupas ali e a pegou no colo. Ele pôde sentir o quanto ela estava quente, e pôde sentir sua carne macia através do tecido fino do vestido. Não teve como não reparar, tão de perto, em seu rosto munido daquela beleza quase sobrenatural. Seus lábios tão vermelhos pareciam um convite irresistível à boca de um homem. Ela cheirava a flor de laranjeira e, por um instante, ao perceber aquele cheiro e sentir aquele corpo macio em seus braços, Oscar chegou a esquecer o que precisava fazer. Nunca havia visto uma mulher tão linda quanto ela. A verdade era que ele evitava olhar para Elisa, porque sempre que seus olhos se concentravam nela, ele sentia-se enfeitiçado. Ela era tão delicada e serena que parecia ter vindo de outro mundo. Não combinava com a realidade daquele lugar. Mesmo após tantos anos, Elisa cresceu sendo a mais delicada das mulheres, apesar da grande força que ela tinha.

Não queria soltá-la. Poderia passar o resto de seus dias segurando-a nos braços, apenas contemplando tamanha beleza, mas precisava, então ele resmungou, suspirou e a levou de volta para casa.

Antes que Eleanor pudesse correr para lá, na tentativa de cuidar de Elisa, Oscar deixou claro que, naquela vez, ele precisava fazer isso; e também teria uma conversa com ela assim que acordasse. Eleanor, que já mostrava o avanço da idade, franziu a testa em sinal de preocupação e voltou para casa junto de seus filhos.

Quando Elisa abriu os olhos, sonolenta, e o viu parado logo ao seu lado, pensativo, seus olhos se encheram de lágrimas e ela começou a chorar com uma tristeza tão forte que Oscar ficou assustado. Apesar de não ser um homem sentimental, e ter passado a maior parte de sua vida concentrado no trabalho duro da fazenda, ele sabia o motivo do choro inconsolável dela. Por isso, adiantou-se em dizer:

— Me desculpe pelo que aconteceu. — Elisa segurou o choro, limpou as lágrimas com as mãos e disse:

— Por que você não me deixa ser sua? Eu amo você e isso está me consumindo dia após dia! Será que não sou mulher o suficiente? Não sou bonita o suficiente para você? O que há de errado comigo?

— Não há nada de errado com você, Elisa, você é a mulher mais linda e incrível desse mundo, mas não posso ser um marido para você! Entenda isso!

Elisa saltou da cama e ficou em pé diante dele, olhando diretamente em seus olhos, antes de questionar:

— Então por quê? — Oscar se sentia horrível naquele momento, e apesar de ficar sem forças ao olhá-la nos olhos, não conseguia se livrar daquela sensação difícil que vivia dentro dele desde que a trouxera consigo para a fazenda.

— Eu paguei por você e não consigo deixar de sentir que se eu lhe tocasse um dedo, seria como estar me aproveitando desse fato.

— Mas isso não é verdade! Eu amo você e tudo que quero é ser sua esposa, te dar filhos e...

— Eu não posso, Elisa. Você merece alguém melhor que eu. Além disso, diante de você, me sinto imundo! Tenho um passado do qual não posso me orgulhar e não quero sujá-la com isso — ela tocou seu rosto e ficou na ponta dos pés antes de grudar seu corpo no dele e dizer:

— Então, me beije. Apenas um beijo. Não posso passar o resto da vida sem isso.

Oscar não conseguiu resistir ao olhar dela, ao calor do corpo grudado no seu, e então, ele a beijou. Foi a melhor sensação que experimentara na vida. Seus lábios lhe proporcionavam algo mágico que ele nunca sentira com nenhuma outra mulher. Era uma sensação intensa e difícil de resistir. Seu coração parecia ferver dentro do peito enquanto ele sucumbia a tanto desejo. Elisa o apertava e gemia enquanto se beijavam e aqueles gemidos estavam o levando à loucura. Mais um pouco não aguentaria e passaria dos limites, e quando percebeu que sua mão estava subindo pela coxa dela, ele recuou e disse:

— É melhor pararmos por aqui.

Oscar correu para o quarto, tentando arduamente controlar a respiração e aquele fogo que se apossara do seu corpo, antes que não conseguisse resistir e acabasse voltando para o quarto de Elisa. Sentia o membro tão duro dentro das calças que chegava a doer, mas recusava-se, naquele momento, a arranjar alguma forma de se aliviar. Pela primeira vez na vida, ele se sentia confuso. Estava dividido entre uma cobrança de seu próprio caráter e o desejo de passar o resto da vida nos braços dela. Depois daquele beijo, do cheiro dela grudado em sua camisa, seria impossível continuar vivendo sob o mesmo teto como se nada tivesse acontecido. Seu pai estava certo quando lhe disse que acabaria por encontrar uma mulher que o faria duvidar da própria sanidade, e ele sabia, naquele momento, que aquela mulher só podia ser Elisa. Nunca havia sentido algo parecido por qualquer outra mulher, nem ao menos aquelas com quem tinha se deitado tantas vezes, e por isso também, se sentia sujo ao cogitar a hipótese de ir para a cama com Elisa. Ela o conquistara, e dentro de seu quarto escuro, roendo-se por dentro, sua mente o importunava de um jeito que ele pensava que ia enlouquecer.

Na manhã seguinte, Elisa surgiu com uma pequena mala de roupas. Oscar sentiu o coração se apertar e, tentando parecer controlado, perguntou:

— Aonde vai com essa mala?

— Vou para a casa de Joanna. Ela havia me dito, dias atrás, que precisava de alguém para ajudá-la. Vou ficar lá até o casamento de Lucia. Depois, volto para continuar com as minhas tarefas aqui.

— Bem, se você quer assim, pelo menos me deixe levá-la.

— Está bem — ela respondeu seriamente.

Durante todo o trajeto, eles não trocaram uma palavra. Elisa limitava-se a olhar os campos altos pela janela do automóvel barulhento que outrora pertencera ao pai de Oscar, e que de vez em quando, ele lembrava-se de colocar para funcionar. Não era muito comum automóveis naquela região. Tal feito ainda causava estranheza e desconfiança nas pessoas, além de serem caros, mas, aos poucos, alguns fazendeiros começaram a adquirir também.

Seu coração estava apertado de dor, e a melhor coisa que ela podia fazer naquele momento, era se afastar, para poder pensar claramente sobre sua própria vida. Era terrível para ela a ideia de ficar longe de Oscar, mesmo que por apenas alguns dias, mas sua esperança era de que ao estar ausente, ele pudesse repensar a seu respeito e quem sabe, finalmente, parasse de resistir. Porém, conforme fosse sua resposta quando retornasse à fazenda, teria de se acostumar a passar o resto da vida longe dele.

Nos dias que se seguiram, Joanna aproveitou para explicar a Elisa diversas coisas a respeito dos homens, inclusive, que ela estava fazendo a coisa certa quanto a Oscar. Durante as noites frescas, em que as duas se sentavam na varanda e bebiam do licor que Joanna preparava — feito das curiosas flores vermelhas que ela cultivava, e que transformavam o transparente da água em uma tinta vermelha como sangue —, conversavam sobre assuntos que faziam as bochechas de Elisa arderem de constrangimento ao imaginar. E assim, foram reveladas certas coisas que poderiam enlouquecer Oscar de forma que ele não conseguisse mais resistir à ela. Nada do que havia sido dito tinha a ver com sobrenatural ou simpatias; tratava-se apenas do poder natural que toda mulher carregava consigo.

Os dias longe de Elisa transformaram Oscar em um homem extremamente carrancudo. Estava o tempo todo impaciente, resmungando, e evitava parar sequer para descansar. Sentia tanta raiva por não conseguir entender os próprios sentimentos, que na hora de arrumar os palanques da cerca que estavam tortos, bateu com tanta força, que se afundaram no chão e ele teve trabalho para endireitá-los. Depois, fez questão de cortar a lenha sozinho e mal parecia se cansar como de costume. Quando se deu conta, uma imensa pilha havia se formado, mais do que conseguiria em qualquer outro dia, e com ajuda. Sequer seria possível guardar tudo na casinha de lenha, pois faltaria espaço.

Arnesto, que costumava falar mais sobre o trabalho do que sobre sua vida familiar, percebendo o jeito como Oscar passara a se comportar, se atreveu a tocar no assunto que ninguém mais ali tocaria:

— Eu sei que está assim por causa da menina. Todos sabem...

Arnesto tinha um semblante amigável por baixo da pele suada e maltratada pelo sol. Seus quase setenta anos eram bem representados pelos poucos cabelos acinzentados que tinha na cabeça e pelas rugas expressivas que lhe marcavam o rosto. Era um homem que conhecia muito da vida, bem mais do que Oscar, e tinha passado praticamente a vida toda naquela fazenda. Conhecia bem a família Cullen. Tinha grande amizade e respeito pelo pai de Oscar, Alexander Cullen, e esteve ao seu lado quando ele adoeceu e veio a falecer, assim que Oscar completara vinte e quatro anos. Por ter visto o menino crescer, nutria um sentimento paterno por ele.

Arnesto e Eleanor tiveram vários filhos. Homens e mulheres. Dos homens, restaram apenas Lucero, o menino que acabara de completar oito anos, e Daniel, que já estava casado, mas continuava vivendo e trabalhando ali. Dora, a filha do meio, já havia partido com o marido; agora Lucia também partiria e na casa só restaria Ana, a filha mais nova, que ainda era uma mocinha.

— Eu preciso tirar ela da minha cabeça. Isso não está certo. Você sabe bem da minha vida, Arnesto... Além disso, desde que a trouxe comigo para a fazenda, já ouvi os mais absurdos comentários a respeito, das vezes em que estive na cidade. Olham para ela, você sabe como... — desabafou Oscar — e se ficássemos juntos, só aumentariam os comentários nojentos. Eu não me importo comigo, você sabe, mas me importo muito com ela.

— Mas o senhor nunca a desrespeitou, e hoje, ela só lhe tem amor. Essa é a verdade, não importa o que os outros digam. Será que se a menina Elisa se cansar e acabar se casando com outro rapaz, ele vai fazer com que ela seja feliz? Vai respeitá-la como o senhor respeita? Seu pai lhe ensinou a ser um homem diferente dos que estão por aí e até mesmo eu aprendi com ele. Não se cobre tanto, ou vocês dois acabarão passando o resto da vida em sofrimento.

Graças àquelas palavras ditas por Arnesto, Oscar passou o resto da noite pensando. Quando o galo cantou, ainda no escuro da madrugada, ele estava sentado em sua cama, com a aparência abatida de quem parecia ter se metido em uma briga. Arnesto estava certo em tudo que dissera, mas quando Oscar pensava em Elisa — quando se lembrava de todas as vezes que pusera os olhos nela e ela parecia nada a menos que uma divindade —, algo mais lhe bloqueava os sentimentos. Realmente sentia-se sujo perante a ela, e isso não lhe permitia ir até a casa de Joanna, para buscá-la naquele exato momento, e dar a ela o que ambos desejavam. De qualquer forma, precisava esperar que ela retornasse e, então, decidir o que fazer dali em diante, após o beijo que aconteceu entre os dois.

O dia do casamento de Lucia enfim chegara, e Oscar estava ansioso diante da capela, à espera de Elisa, que parecia que não chegaria nunca. Sentira tanta falta dela, que ao pensar que logo a veria de novo, seu coração palpitava e era difícil controlar o tremor em suas mãos.

A cerimônia já estava para começar quando ele olhou para trás e a viu junto de Joanna, cumprimentando Eleanor e sua filha, Ana. Elisa estava deslumbrante em um vestido rosado, com seus cabelos tão compridos sendo enfeitados discretamente por um laço de fita vermelha. Assim que ela foi notada pelos que estavam ali presentes, todos começaram a cochichar e olhar para ela como se fosse a própria noiva que tivesse chegado.

Os assentos estavam lotados e a cerimônia estava começando. Oscar sequer conseguiu chegar perto de Elisa, por conta de todos os convidados que não saíam de seu caminho. Tudo o que ele conseguiu fazer foi virar a cabeça inúmeras vezes para olhar para ela, porém, Elisa parecia diferente em sua postura, e quando olhou para ele em uma das vezes, limitou-se a exibir um sorriso pálido.

Após a cerimônia, todos se dirigiram à fazenda, onde o restante da família de Eleanor já havia preparado tudo. Elisa encantou-se ao ver as laranjeiras e macieiras enfeitadas por fitas brancas e arranjos de flores pendurados nos galhos. As mesas estavam organizadas com absoluta perfeição. Era, de fato, uma festa muito bonita.

Elisa, a princípio, ficou um pouco assustada com a quantidade de convidados ali presentes, e sentiu-se constrangida, porque parte deles não conseguia parar de olhar para ela, com seus olhares curiosos que reparavam em cada gesto que ela fazia; entretanto, conseguiu se sentir mais tranquila quando viu que Joanna estava chegando para lhe fazer companhia.

Todos os parentes dos noivos vieram de longe para comemorar o casamento. Dois grandes porcos haviam sido abatidos e caldeirões de comida estavam enfileirados um ao lado do outro por onde se podia enxergar. A família do noivo, inclusive, fizera questão de que uma dorna com o vinho fabricado especialmente para a comemoração do casamento os acompanhasse em sua viagem. Elisa nunca havia visto nada igual na Aldeia dos Vales. Normalmente, por lá, as cerimônias de casamento eram discretas, e a festa, reservada apenas para os principais membros da família dos noivos. Parentes distantes sequer eram informados sobre o casamento. A única grande festividade que acontecia na Aldeia dos Vales, era dedicada aos mortos. Sempre que alguém morria, apesar da tristeza que ficava no lugar, uma grande celebração era feita a fim de que o morto pudesse ver o quanto era querido por seus parentes e vizinhos; dessa forma, seu espírito partiria tranquilo para desfrutar de grande alegria em seu percurso após a morte.

A tradição da Festa aos Mortos já atravessava gerações, por conta de certo caso que teria acontecido há mais de cem anos, quando um homem, conhecido apenas por Emmanuel, teria morrido de fome e sozinho, no mais absoluto estado de desnutrição, porque o povo recusava-se a lhe dar de comer por conta de uma doença que o havia acometido, e que lhe causara uma cegueira devastadora. Acreditavam que ele estava se transformando em uma criatura não humana, com seus olhos ficando cada vez mais esbranquiçados, e sua pele, tomando-se por manchas escuras e circulares; que mais tarde teriam se transformado em escamas.

Segundo o que contavam, Emmanuel teria morrido e ressuscitado, mas não como homem. Ele havia se transformado em uma criatura horripilante, com o corpo musculoso de homem, cabeça de abutre e um grande par de asas negras nas costas. Muitos haviam sido devorados por ele em sua infinita fome, até que uma jovem moça teria conseguido amansá-lo, em seguida, o teria matado com suas próprias mãos ao apunhalá-lo no peito; depois disso, teria arrancado fora sua cabeça e a queimado numa fogueira, para garantir que não ressuscitaria mais. Tanto tempo depois, o povo que lá vivia continuava com medo de que caso semelhante pudesse se repetir. Desde então, todos os mortos partiam com a certeza de que muita comida seria servida no dia em que fossem sepultados, e todos estariam lá para festejar sua passagem.

Por isso, era curioso para Elisa ver toda a agitação e alegria daquelas pessoas na comemoração de um casamento. Era algo realmente novo para ela.

Quando Elisa finalmente conseguiu abraçar Lucia e desejar felicidades a ela e ao noivo, viu Oscar se aproximando. Ele então parou diante delas, e disse, com certo nervosismo em sua voz:

— Elisa. É bom ver você... — ela olhou para ele, sentindo um arrepio percorrer seu corpo e respondeu:

— É bom vê-lo também. Eu acho que...

— Elisa! Será que pode vir aqui um instante? — Joanna gritou de longe, os interrompendo.

— Desculpe. Podemos conversar mais tarde. Com licença — disse ela, antes de sair apressada dali.

Enquanto conversava com alguns parentes de Arnesto, Oscar sempre procurava por Elisa, com seus olhos ligeiros. Durante a festa toda ela esteve conversando com Joanna. As duas pareciam envoltas em um grande mistério e passaram a maior parte do tempo cochichando pelos cantos. Oscar, ao menos estava paciente, esperando por uma chance de ficar a sós com ela. O mais importante era que Elisa estava ali e ele pensava o tempo todo no que diria quando estivesse diante dela, mas só de pensar, já ficava nervoso.

A noite havia sido exaustiva, e tomada por risos, conversas em voz alta, e muita bebida. Os familiares do noivo demoraram a se cansar e procurar por um lugar para descansar. Durante aquele tempo todo, Elisa e Oscar simplesmente não tiveram chance de ficar perto um do outro.

Já era fim de tarde do dia seguinte, quando parte dos convidados foram embora. Alguns decidiram por ficar mais um pouco e se dividiram para descansar na casa de Eleanor e Arnesto, onde tinha bastante espaço. Elisa passou bom tempo da noite anterior consolando Eleanor, que apesar de estar feliz por mais uma filha ter se casado, sabia o quanto ela lhe faria falta. Lucia estava indo para longe e as duas levariam muito tempo até que pudessem se encontrar novamente.

Quando enfim os dois encontravam-se dentro de casa, sozinhos, Elisa foi para o quarto. Momentos depois, procurou Oscar, que estava na cozinha, bebendo um copo de água. Ela entregou um saquinho de pano fechado em suas mãos.

— O que é isso? — ele perguntou.

— Estou devolvendo o que pagou por mim. Está aí, cada centavo. — Oscar olhou surpreso e tirou o dinheiro do saquinho. Era exatamente o que ele havia pago para o pai de Elisa.

— Como... como você sabia o quanto...?

— Joanna me contou. Passei esses dias trabalhando com ela para poder te devolver cada centavo.

— Não precisava ter feito isso. Fique com o dinheiro. É seu...

— Não. Nossa dívida está paga agora — ela disse.

O gesto de Elisa em devolver o dinheiro, fez com que revivesse aquele dia mais uma vez. Sentiu-se atordoado por aquelas lembranças. Oscar sabia que ela estava lhe cobrando uma resposta quanto ao futuro, e tudo o que tinha pensado ao longo dos dias em que estivera longe dela, misturou-se a confusão de seus sentimentos. Perguntava a si mesmo se realmente a amava, ou se estava apenas enfeitiçado por sua beleza angelical. De qualquer forma, acabou por sentir uma raiva tremenda, pois reviver as lembranças do dia em que Elisa passara a fazer parte de sua vida, fez com que não conseguisse fazer uma escolha sensata no momento, e por isso, a única resposta que conseguiu dar foi:

— Sinto muito, Elisa. Eu não sou o homem que pensa que sou. Não posso dar a vida que você sonha e a última coisa que eu gostaria, seria magoá-la. É o que posso dizer no momento. Isso pode doer agora, mas estou certo de que um dia veremos que foi melhor assim — ele retirou-se da cozinha, sentindo os nervos ferverem por debaixo da pele. Acabou por odiar ainda mais a si mesmo, quando ouviu o soluço que Elisa deixara escapar quando ficou sozinha, chorando baixo.

Elisa passou a noite inteira chorando no quarto, e no dia seguinte, não quis sair de lá para nada. Oscar sentia-se tão mal que não tinha coragem de falar com ela. Chegou a parar por alguns minutos em frente à porta do seu quarto, mas não conseguiu bater. Todo o sentimento puro que estava sentindo quando a viu chegar à capela, a vontade de abraçá-la, simplesmente sumira, e tudo que conseguia sentir naquele momento, era um vazio que lhe sufocava por dentro. Por mais que sua decisão parecesse o certo a fazer, Elisa estava magoada, enquanto que ele continuava confuso sobre os próprios sentimentos.

Alguns dias se seguiram sem que ele mal pudesse vê-la. Quando foi se despedir de Lucia, que estava partindo com o marido para outra cidade, Elisa ignorou completamente a existência de Oscar, e depois, voltou para o quarto e permaneceu lá até que ele saísse para começar os trabalhos na fazenda.

Elisa preparava as refeições, mas comia quando Oscar não estava por perto. A casa tornou-se completamente silenciosa e apática. Em tantos anos de vida, ele nunca experimentara a sensação de estar vulneravelmente sozinho. Antes da chegada de Elisa, há muito acostumou-se a viver sozinho naquela casa, depois que seus pais morreram.

Diante daquela incômoda sensação, tudo o que Oscar conseguiu fazer foi se concentrar em seu trabalho. Mais uma época de colheita se aproximava. Seriam dias e noites trabalhando quase sem parar, para que as espigas pudessem ser colhidas antes que começassem a germinar ainda no pé. Oscar pagava alguns rapazes, dos arredores da cidade, para ajudar na colheita, e depois, na desfolhada; mas mesmo com ajuda, o trabalho era muito cansativo.

Na fresca noite de sábado, uma semana após a partida de Lucia, Oscar estava parado na porta, de frente para a varanda, observando silenciosamente o campo de milho à sua frente, quando Elisa surgiu com sua mala de roupas. Antes que ele pudesse falar alguma coisa, ela se antecipou:

— Depois de todo esse tempo em que estive pensando, vejo que o melhor é ir embora. Eu já estou com vinte anos. Já deveria estar casada e com filhos, mas não tenho ninguém. Passei tanto tempo com esperanças de que você quisesse se casar comigo! De qualquer forma, não posso mais continuar aqui. Eu agradeço, de verdade, por tudo que fez por mim. Vou para a casa de Joanna agora, trabalhar com ela. Além disso, encontrei Francesco Barletta, semanas atrás, e ele disse que ainda deseja se casar comigo. Sei que ele será um bom marido para mim. Não consegui me despedir de Eleanor e Arnesto, então, diga-lhes que também agradeço por tudo. Adeus, Oscar.

Ele conseguia enxergar a mágoa em seu olhar profundo. Elisa estava partindo e restava a ele se sentir horrível naquele momento. Lembrou-se do que havia prometido quando a trouxe para lá, e sentia que tinha quebrado a promessa que fizera a si mesmo. Ela havia feito mais por ele do que o contrário, era assim que Oscar analisava os anos que passaram juntos. Mas ela era livre para seguir seu caminho.

— Adeus, Elisa. — Ele disse, assim que ela lhe deu as costas.

Dois minutos depois, ele estava fora da varanda, observando Elisa sumir através do escuro azulado da noite que começava a se intensificar. Algo dentro de seu peito o sufocava. Queria rasgar-se por dentro diante da sensação inquietante que o consumia aos poucos. Estava sentindo algo que nunca experimentara antes. Era uma dor tão estranha por vê-la partir, que aquilo parecia torcê-lo de dentro para fora. Ele conseguia sentir o cheiro dela, lembrava-se da sensação do seu corpo quente lhe apertando forte enquanto se beijavam, e imaginá-la nos braços de Francesco Barletta, fez com que Oscar fosse tomado pela raiva. Sentia raiva principalmente de si mesmo. Sentia-se tão estúpido. Ele começou a se torturar por pensar que, em breve, ela poderia estar casada com aquele rapaz sonso que tinha cara de quem nunca havia estado com uma mulher antes. Imaginar os dois se enroscando na cama, fez com que Oscar chegasse a morder as próprias mãos. Não estava certo.

Finalmente, percebeu que não conseguiria viver sem ela naquela casa. Percebeu que ela pertencia àquele lugar mais do que ele mesmo. Sua vida teria sido um completo desperdício se a deixasse partir. Então, após sentir-se o homem mais estúpido por ter tentado resistir à bela Elisa, Oscar decidiu passar por cima de qualquer coisa que lhe afastasse dela. Não havia como imaginar o futuro juntos, nem se conseguiria realmente fazê-la feliz, mas naquele momento, nada disso importava, contanto que tivesse a chance de experimentar uma vida ao lado da mulher que, agora, ele entendia que amava.

Em um impulso, seus pés começaram a correr em direção à Elisa, mas já não era possível enxergá-la naquele escuro. Então, gritou forte, com toda a energia que fervia em seu corpo:

— Elisa! Elisa!

Ele continuou correndo o mais rápido que pôde, sentindo os pulmões se apertando dentro do corpo. Precisava dela. Não poderia continuar naquele lugar sem a presença delicada de Elisa. Finalmente havia se livrado da culpa que sentia por negar aquilo que seu coração desejava. A ausência dela seria algo insuportável para ele.

Quando Oscar conseguiu alcançá-la, ela estava para lá das laranjeiras. Elisa estava parada, com sua mala de roupas ao lado. A luz forte da lua cheia conseguia iluminá-la o suficiente para que ele visse mais de perto seu rosto molhado de lágrimas. Ele travou os passos por um minuto e os dois apenas se olharam. Ela parecia muito confusa ao olhar para ele. Não disse sequer uma palavra e esperou para ouvir o que ele tinha a dizer. Oscar então se aproximou, enxugou suas lágrimas com as mãos e lhe beijou a testa suavemente. Elisa pôs as mãos em seus braços e perguntou:

— Por que agora?

— Porque você faz parte da minha vida e... agora eu sei que... eu amo você. Tentei negar para mim mesmo, mas agora vejo o quanto seria doloroso se você me deixasse de vez. Não vá embora, por favor, Elisa, fique e... se case comigo. — Ela sorriu, sem parecer acreditar no que estava ouvindo e respondeu:

— É tudo que eu mais quero.

Oscar a pegou no colo e a carregou de volta para casa. A mala de roupas permaneceu solitária no meio do chão de terra. Teriam tempo suficiente para pegá-la no dia seguinte. O mais importante era que finalmente estavam juntos. Se conseguiria fazê-la feliz como sua esposa, ele não tinha como saber, mas faria de tudo para nunca mais magoá-la e para agradá-la em todos os dias que lhe restasse de vida.

Joanna percebeu, pela demora de Elisa, que o plano de pressionar Oscar tinha dado certo. Finalmente aquele grande homem estúpido entendeu o que todos já haviam notado, menos ele. Inclusive, já fazia tempo que conversava com Oscar a respeito da paixão de Elisa por ele, e que conseguia perceber que ele também sentia o mesmo pela moça, estava apenas confuso, pois nunca sentira nada parecido com aquilo antes. De qualquer forma, Joanna sorriu, e voltou para casa sentindo-se imensamente feliz. Aquilo que Amallia um dia havia previsto, durante um de seus rituais, finalmente se realizaria.

Mal haviam cruzado os beirais da casa e estavam aos beijos, enquanto arrancavam ferozmente as roupas um do outro pela cozinha. Seria difícil chegar até o quarto naquele ritmo em que se encontravam. Os olhos de Oscar brilhavam enquanto ele observava Elisa completamente nua. Era a mulher mais linda que ele já havia visto, e era, sem dúvidas, de carne e osso; ao contrário do que algumas pessoas murmuravam.

Quando finalmente conseguiram chegar ao quarto, nenhuma palavra foi dita, eles apenas se observaram. Assim que se deitaram, ele a beijou da forma mais intensa possível, sentindo o corpo macio daquela jovem mulher ficando cada vez mais quente em seus braços e então, repentinamente, ela concentrou seus olhos nos dele e sussurrou:

— Por favor, faça. Por favor... — seu rosto angelical estava levemente suado, e ela parecia ligeiramente atordoada enquanto suspirava pausadamente.

Elisa berrou quando pôde senti-lo por dentro. Oscar nunca tinha ouvido tal coisa, e aquele berro que havia escapado do peito dela era tão alto, que chegou a ecoar pela casa toda e o deixou ainda mais louco. Aos poucos, sentia como se sua alma fosse arrancada do corpo. Uma sensação infinita de prazer fazia sua pele toda arder.

Elisa era uma mulher incrivelmente delicada em tudo o que fazia, porém, na cama, parecia libertar um demônio que era difícil de saciar. Em certo momento, Oscar olhou para ela, que gemia alto em cima dele, e simplesmente pareceu que ela estava em transe. Elisa era virgem, ele tinha a mais absoluta certeza disso, mas era curioso ver como seus movimentos não eram nada virginais.

Apesar de nunca ter ido para a cama com outro homem, Elisa sabia exatamente o que fazer, pois era guiada pelo prazer que consumia seu corpo. Sua cabeça pendia ligeiramente para trás, enquanto suas unhas estavam cravadas no peito de Oscar. Seus lábios brilhavam úmidos, enquanto os gemidos sincronizados escapavam de sua boca e um fio de suor escorria lentamente por entre os seios. Elisa deixou-se dominar por uma sensação arrebatadora, e quando aquela sensação foi aumentando cada vez mais, sentiu como se tivesse saído do próprio corpo por alguns segundos.

As horas foram se passando e os dois continuavam entrelaçados na cama. Os lençóis já estavam molhados de suor e fluídos, mas tanto prazer parecia que não conseguia ser acalmado, apesar do cansaço de ambos. De repente, uma rajada forte de vento entrou pela janela, espalhando folhas pelo quarto, quase como se fosse uma manifestação sobrenatural. Finalmente, o corpo de Elisa pareceu ceder ao cansaço, após Oscar apertar suas mãos contra a cabeceira da cama. Naquele momento, seus últimos gemidos da noite haviam ecoado.

Aquele ar fresco, que trazia o cheiro forte das flores da laranjeira, ajudaram a acalmar o calor febril do corpo de Elisa. Ela finalmente recuperou sua serenidade enquanto ele ainda gemia ofegante sobre ela. Finalmente não restaram mais forças para seus corpos. Ambos estavam amortecidos e experimentavam a maior sensação de calmaria e paz que um ser humano poderia sentir. Oscar estava trêmulo, e permaneceu com a cabeça pousada entre os seios dela.

Elisa dormia profundamente, abraçada a Oscar, quando ele despertou com o barulho forte da chuva que chegara de repente. Chegou a pensar que estava sonhando quando aquele conjunto de sons começou a invadir seus ouvidos suavemente. Não fazia sentido, o céu não demonstrava que viria chuva alguma, ainda mais, tão forte como aquela. Já era época de mais uma colheita e o tempo estava completamente favorável, com suas chuvas leves e esporádicas, mas aquilo era diferente, era tão forte! Como se a natureza estivesse se manifestando plenamente.

Oscar afastou-se de Elisa, com cuidado para que ela não acordasse. Levantou-se e vestiu suas roupas rapidamente, antes de fechar as janelas que batiam fortemente com as rajadas de vento. Um pouco da água da chuva chegou a molhar o chão, bem próximo do armarinho de roupas. Oscar correu para fechar as outras janelas da casa, que estavam abertas por conta do calor que fazia, e ao abrir a porta para sair na varanda, esfregou as mãos no rosto ao perceber que os pés de milho estavam sendo amassados com a força do vento. Oscar nunca havia visto algo como aquilo antes, mas sabia que pouca coisa se salvaria dali e enfrentariam dificuldades até que pudessem plantar novamente, e depois de meses, colher o que nasceria. Até lá, as coisas ficariam muito difíceis.

As vacas estavam soltas no pasto e ele precisava levá-las de volta para o curral, mas as fortes rajadas de vento, junto com aquela chuva torrencial, dificultavam que ele conseguisse enxergar qualquer coisa adiante e atrapalhavam sua caminhada na terra, que amolecia cada vez mais sob seus pés pesados. Mas precisava ir até lá antes que alguma delas acabasse fugindo para o rio.

Logo, Oscar ouviu quando Arnesto e Daniel deixaram suas casas e foi até eles para ver o que podia ser feito.

— Como pode estar chovendo forte assim? — indagou Daniel. — Não consigo entender!

— Eu também não! — gritou Oscar, que mal conseguia ouvir a própria voz com o barulho raivoso da chuva. — A plantação toda está certamente perdida.

— Santo Deus! — exclamou Arnesto. — Em todos os meus anos de vida, jamais vi uma tempestade como esta!

— Devemos nos apressar! Temos de trazer as vacas! — disse Daniel, disparando a correr.

Quando enfim encontraram as vacas, as pobres coitadas estavam assustadas e mugiam como se tivessem visto uma assombração. Seria difícil trazê-las de volta, pelo tanto que estavam confusas, e como se não bastasse, haviam se separado umas das outras. Oscar conseguira, com muita dificuldade, guiar duas delas de volta para o curral, mas as outras três ainda não haviam sido encontradas por Arnesto e Daniel; enquanto isso, a chuva só fazia piorar com suas fortes chicoteadas de vento.

Oscar decidiu verificar se os cavalos, os porcos e as ovelhas estavam bem. Em seguida, foi até o galinheiro, que apesar de ter sido reforçado algum tempo atrás, era a construção mais fraca da fazenda para resistir a um temporal como aquele. Para seu espanto, porém, o galinheiro estava intacto e o vento que entrava por entre as frestas da madeira, era sentido tão suavemente, como se fosse apenas uma brisa fresca de fim de tarde. Detectou apenas uma goteira, próxima a um dos poleiros.

Havia uma tranquilidade estranha sobre os animais, que costumavam ficar inquietos em dias de chuva mais forte, mas eles nunca tinham vivenciado uma tempestade como aquela. Os cavalos estavam dormindo tranquilos, assim como as ovelhas; como se não percebessem o alvoroço sombrio que fazia lá fora. Os porcos não dormiam, mas estavam aconchegados uns nos outros em busca de calor. Alguns chegaram a erguer as cabeças sonolentas para dar uma olhada em quem estava ali àquelas horas, e tornaram a descansar.

Pouco depois, Oscar saiu à procura de Arnesto e Daniel. O vento estava tão forte, que os galhos das árvores — que de repente pareciam longos dedos cadavéricos a apontá-lo —, lhe chicoteavam as costas enquanto ele seguia aquela difícil caminhada. Alguns pêssegos maduros estavam caindo dos pessegueiros que Elisa havia plantado, e ele sentiu pena por ter pisado na maior parte deles. Ela costumava usá-los para fazer doces e tortas até que chegassem a enjoar do cheiro meloso da fruta. Até mesmo suas folhas eram usadas por ela para fazer chás, além dos preparados de ervas, cujas folhas eram mascadas por sua própria boca, e embebidas em sua própria saliva, junto a certa quantia de álcool. O preparado, então, era posto no mais escuro buraco de terra, onde ficava efervescendo por sete dias. Depois disso, qualquer um que tivesse alguma ferida para ser cicatrizada ou fosse acometido por alguma doença, podia experimentar daquela coisa estranha que Elisa gostava de olhar com admiração, acreditando que tinha em suas mãos uma verdadeira poção de saúde.

Oscar era um homem forte, mas até mesmo para ele estava cada vez mais difícil caminhar em um tempo daqueles. A cada passo que tentava firmar, sentia que acabaria sendo arremessado longe. O dia deveria estar amanhecendo, mas a escuridão estava tão densa, que não havia no céu sinal algum de que logo poderiam ver o raiar dos primeiros focos de luz trazidos pelo sol. A única luz que se manifestava, era dos relâmpagos que riscavam o céu com seus desenhos luminosos, capazes de afugentar até o mais bravo dos homens. A tempestade troava tão ferozmente, que dava a impressão assustadora de que acabaria por tomar a forma de um monstro gigantesco, que acabaria abrindo a terra aos poucos, a cada passada furiosa que desse. Talvez, então, a civilização que conhecia pudesse acabar naquela noite, sendo varrida da face da terra.

Logo ele pôde ouvir a voz de Arnesto ficando cada vez mais alta. Quando finalmente o encontrou junto de Daniel, Oscar percebeu que não traziam as vacas, e perguntou:

— O que foi que aconteceu? Estão atoladas?

— Não sabemos, senhor! Procuramos até nas beiradas do rio e não as encontramos. Talvez tenham sido levadas. Não há como saber com esse tempo... Devemos voltar para nossas casas!

— Sim, faremos isso! — disse Oscar, lamentando-se em silêncio pela certeza da perda das três vacas leiteiras que mais produziam leite na fazenda.

Arnesto e Daniel voltaram para suas casas, e ao olhar mais uma vez para a plantação de milho que sumia diante de suas vistas, Oscar sentiu uma ponta de tristeza cutucar o peito. Não costumava ser um homem sensível. Em situações como aquela, seria tomado pela frustração e pelo sentimento de impotência — assim como aconteceu quando perdera os pais e passou a enfrentar as dificuldades de ver a fazenda se arruinar dia após dia, até que as coisas voltassem a melhorar —, mas apenas pensaria em uma solução para cada coisa. Apesar de tentar se convencer de que daria conta de tudo, pela primeira vez, sentia-se fraco e vulnerável. Era triste quando acabavam tendo alguma perda durante a colheita, às vezes por conta de alguns animais sorrateiros que roíam as espigas ainda nos galhos, outrora, por conta do excesso de calor que acabava fazendo com que algumas espigas ficassem secas como pedaços de borracha; mas naquela noite, era diferente, porque Oscar sabia que havia perdido tudo, e as coisas ficariam mais difíceis nos próximos meses.

Assim que entrou em casa, livrou-se das roupas molhadas e as estendeu no varal de dentro da sala de banho. Pegou sua toalha, e se secou, antes de ir para o quarto se aconchegar nos braços de Elisa.

Ela estava dormindo tranquila, de bruços, com seus longos cabelos avermelhados cobrindo-lhe as costas. Seus belos lábios formavam um discreto sorriso. Oscar sentiu uma emoção apaziguante ao vê-la daquele jeito, como um verdadeiro anjo, despojada de qualquer sentimento ruim. Só de observá-la em seu sono, sua mente conseguia parar de pensar no quanto se sentia frustrado. Sua vontade era apenas de sorrir e de tocá-la como se ela fosse a criatura mais delicada que já havia pisado sobre a terra.

Quando Oscar deitou-se ao seu lado e encostou o nariz em suas costas desnudas, para sentir o cheiro de sua pele, Elisa resmungou e virou-se antes de olhar para ele. Seus olhos estavam apertados de sono e ela sorriu antes de puxá-lo para que pudesse envolvê-lo nos braços. O corpo quente e cheio de amor daquela doce mulher era o melhor lugar que poderia existir. Ele queria apenas viver o resto de seus dias em seus braços, e poderia até mesmo partir daquele mundo enquanto estivesse sentindo o cheiro delicado da pele dela.

Aquela madrugada chuvosa durou por uma semana inteira. Não diminuía nem por um instante, e o céu recusava-se a trazer consigo a claridade do dia. Foram dias cansativos em que se dividiram para que os animais não ficassem sem comida e para que pudessem separar o leite e os ovos para suas famílias. Quase toda a lenha que ficava na casinha de lenha havia sido usada. Ao fim daquele período de tempestade constante, apenas alguns tocos restaram para serem queimados. O restante da pilha que ficava para fora havia se encharcado completamente, mas conseguiram manter suas casas aquecidas, puderam se alimentar dos pães de milho que Elisa havia feito e ainda tinha restado bastante da carne dos porcos que estavam conservadas nas latas.

Durante aquela longa semana, em que tudo que puderam ver foi a chuva torrencial que encharcava a terra cada vez mais, Oscar e Elisa aproveitaram para se amar a cada momento que podiam. Era um sentimento impossível de controlar quando os dois trocavam um simples olhar.

Elisa não sabia explicar de onde vinha toda aquela necessidade incontrolável que seu corpo tinha de estar conectado ao de Oscar, pois toda vez que ela simplesmente sentia o seu cheiro, tomava-se por um calor intenso que lhe ardia a pele. A forma como ele a beijava e acariciava, fazia com que qualquer pudor que ela pudesse ter tido durante a vida toda, simplesmente desaparecesse. Tudo o que queria era apenas acalmar aqueles ímpetos indecentes que a deixavam fora de si e que da mesma forma, contagiavam Oscar, a ponto de que seus instintos mais animalescos aflorassem na cama sem que nem ao menos tivessem se casado.

Elisa sempre sentia como se a sola de seus pés fossem queimadas por uma brasa incandescente quando ele beijava-lhe os seios e entre as pernas e, por algumas vezes, ela chegou a se perguntar se aquela sensação ardida não seria alguma espécie de castigo porque estava na cama com um homem, antes do casamento, completamente nua e fazendo coisas que chocariam a mais casta das mulheres. De qualquer forma, mesmo se fosse castigo, então, gostaria de ser castigada pelo resto da vida.

Por outras vezes, se perguntou se o ser divino, a quem padre Belamino se referia como Deus, não estaria observando os dois na cama - já que o padre costumava dizer que Ele via tudo e estava presente em todos os lugares -, entretanto, sendo impossível que alguém lhe esclarecesse aquela dúvida, Elisa preferia acreditar que, naqueles momentos, Deus apenas viraria o rosto a fim de que não ficasse constrangido.

A tempestade cessara na manhã do sétimo dia, quando a chuva ainda mantinha-se devastadora. O sol repentinamente apareceu no céu, como por encanto, deixando a todos espantados. Em um momento, estavam em suas respectivas casas, observando com profundo descontentamento e aflição a chuva forte que nem por um minuto havia se abrandado durante aqueles dias. Fitavam o céu enegrecido como se fosse noite pura e, no minuto seguinte, as nuvens se abriram, revelando todo o brilho do sol. A chuva que caía forte parou no mesmo instante; como se em um estalar de dedos, alguém lá em cima tivesse decidido encerrar a tempestade. Havia sido exatamente assim, de repente, em um piscar de olhos.

Quando finalmente não precisavam mais continuar confinados em casa, todos correram para o milharal para ver de perto o estrago das chuvas. A terra continuava pastosa e difícil de caminhar. Daniel foi o primeiro a se aproximar, colocou as mãos na cintura, deu uma boa olhada e em seguida, abaixou-se pensativo. De repente, o rapaz estava revirando tudo com as mãos. Todos observavam curiosos enquanto Daniel puxava os galhos para mais perto, desfolhava algumas espigas e tornava a cavoucar a imensa pilha de galhos dobrados que cobria o chão por onde se pudesse olhar. Após alguns minutos, ele virou-se sorridente e gritou:

— Não pode ser! — todos olharam espantados quando Daniel ergueu as mãos segurando duas brilhosas espigas.

Quando Oscar chegou mais perto para examiná-las, não conseguia acreditar no que estava vendo. Os grãos estavam brilhantes, em perfeito estado e eram macios ao se cravar a unha. Não havia sequer um traço de germinação, ou partes comidas por fungos. Arnesto se ajoelhou no chão, ergueu as mãos para o céu e disse:

— Obrigado, Senhor! Obrigado!

Eleanor se aproximou com cautela. Parecia estar com medo de chegar perto do milho. Seus olhos exibiam um espanto sobrenatural e suas mãos tremiam. Então, ela olhou para Elisa e levou as mãos à boca, antes de cochichar em seus ouvidos:

— Menina, vocês... Vocês não se deitaram, não é? — Elisa sentiu um arrepio estranho no corpo. Como poderia Eleanor saber do que havia acontecido? — Santíssimo Senhor Todo Poderoso! Amallia estava certa. Sempre esteve certa...

Ninguém entendeu quando Eleanor saiu correndo dali, murmurando para si mesma, como se tivesse visto uma assombração. Joanna costumava falar muitas coisas sobre Amallia Cullen e fazia parecer que a mulher realmente tinha dons sobrenaturais.

Algumas horas depois, Arnesto apareceu arquejando, depois de correr feito um louco para contar que havia encontrado as outras vacas que haviam sumido durante a tempestade. Disse que elas simplesmente estavam pastando tranquilas, do outro lado do rio, como se nada tivesse lhes acontecido. Arnesto atribuiu a sobrevivência das vacas a outro milagre divino, e após rezar suas preces como um desvairado, acompanhou Oscar para vê-las. Ao chegar lá, Oscar viu com os próprios olhos que as vacas estavam em perfeito estado; apenas com os úberes pesados e vazando leite. A ordenha precisava ser feita o quanto antes e ele deixou que Arnesto se encarregasse disso, pois tinha de continuar trabalhando como um cavalo para colher todo aquele milho espalhado pelo chão.

A colheita, enfim, não havia sido perdida. Teriam muito trabalho pela frente e todos comemoravam, sem ainda conseguir entender o que havia acontecido ali. Oscar teve de chamar os rapazes da cidade para que ajudassem a retirar todas as espigas que estavam caídas por lá. Não havia como disfarçar o espanto no rosto de cada um ao contemplar cada espiga colhida absolutamente intacta. Os grãos eram amarelos como as gemas dos ovos e a fina pele que os revestia, brilhava incrivelmente ao se olhar mais de perto. Oscar também não conseguia esconder o quanto aquela situação o pegara de surpresa. Dias atrás, pensava em todo aquele campo de milho destruído, e naquele momento, nada fazia sentido para ele. O vento havia sido tão forte e a chuva tão intensa, mas a colheita estava salva.

TERRA VAZIA

PARTE III
A PROFECIA

O casamento se realizou algumas semanas após a tempestade. Oscar havia conversado com padre Belamino e insistiu para que o casamento pudesse ser celebrado o mais rápido possível. Diante de sua pressa e insistência, o padre — cujo olhar experiente, graças há tantos anos servindo a seu propósito cristão — fingiu ser convencido de que os dois ainda não haviam ido para a cama, mesmo que por tantos anos tivessem vivido na mesma casa. Além disso, apesar de viver em absoluto celibato, padre Belamino chegava a atordoar-se em pesadelos quando inevitavelmente reparava na beleza espantosa de Elisa, e devido a isso, entendia que Oscar dificilmente escaparia aos encantos da bela moça enquanto estivessem debaixo do mesmo teto.

Elisa insistira para que a cerimônia fosse restrita a apenas alguns convidados. Não queria que toda a cidade estivesse presente, pois nunca a tinham visto com bons olhos, e por diversas vezes, havia sido alvo de comentários maldosos por ter sido comprada por Oscar. Todas as mulheres mantinham suas filhas longe dela e cruzavam a rua ao vê-la, porque julgavam que ela valia tanto quanto uma prostituta.

Além disso, Elisa sabia que sua beleza despertava grande inveja. De qualquer forma, Oscar também não gostava da maioria das pessoas a quem apenas cumprimentava por educação quando precisava ir até o centro da cidade.

Joanna fizera questão de presentear Elisa com um vestido de noiva costurado por suas próprias mãos. Assim que soube do casamento, tratou de comprar rendas e cetim. Dia e noite era possível ver sua figura debruçada sobre os tecidos, costurando-o ponto a ponto, a fim de que ficasse pronto a tempo para o casamento. Foi simplesmente o vestido mais lindo que qualquer um naquela cidade poderia ter visto.

Ao mesmo tempo em que os moradores da cidade murmuravam sobre o casamento do filho da bruxa com a moça que tinha cara de anjo, os fazendeiros não conseguiam conter a revolta por suas enormes perdas durante a colheita. Por dentro do bar e durante os almoços de família, o principal assunto era sobre como o milho não havia sido devastado na plantação dos Cullen. Oscar e seus ajudantes foram os únicos que lucraram com a colheita. Além do mais, souberam que o milho colhido estava ainda mais bonito e doce que de costume. Então, só lhes restava voltar a comentar sobre as lendas que há muito já estavam adormecidas e, todas, eram a respeito daquelas terras e daquela família. Houve ainda quem chegou a cogitar que a colheita só havia sido preservada porque Oscar teria encontrado uma forma de invocar o espírito de sua mãe para que não tivesse prejuízo algum.

Uma grande festa havia sido preparada para a comemoração do casamento, apesar dos poucos convidados. Apenas os mais chegados estavam ali para comemorar com eles. Apesar da boa relação que Oscar tinha com a família Barletta, Elisa insistira para que Oscar não os convidasse, pois não queria ter de olhar para Francesco outra vez, principalmente no dia de seu casamento — principalmente depois do que acontecera entre eles na última vez em que se encontraram —, mas Oscar insistiu, pois era amigo do pai de Francesco e a família se magoaria se não recebesse um convite. Para a surpresa de Elisa, Francesco não compareceu e seu pai lhes deu a desculpa de que ele estava indisposto.

Durante a festa, Eleanor se aproximou de Elisa e pediu a ela que a acompanhasse. Elisa fez sinal a Oscar e a seguiu até o pomar, tomando cuidado para não sujar a barra de seu delicado vestido. Quando Eleanor parou para esperá-la, desabou em soluços. Elisa ficou sem entender e apenas a abraçou, na tentativa de que se acalmasse, então, Eleanor enxugou suas lágrimas e disse:

— Eu preciso que me perdoe, menina Elisa!

Apesar de oito anos terem se passado desde que Oscar retornou à fazenda acompanhado por Elisa, quando ela tinha apenas doze anos, tanto Eleanor quanto Arnesto continuavam chamando-a de "menina Elisa". Era assim que eles ainda a enxergavam. Ela compreendia que só chamavam-na assim, porque gostavam dela como uma filha. Tanto que Arnesto se emocionou quando Elisa o convidou para acompanhá-la até o altar, já que seu pai não estaria ali. Apesar de evitar pensar a respeito do pai, Elisa já o havia enterrado em seu coração e em sua mente, e nenhum sentimento bom preenchia seu coração nos momentos em que se lembrava dele.

— Por que está me dizendo isso agora? — perguntou. Eleanor segurou em suas mãos e respondeu:

— Porque eu pensei coisas muito ruins de você logo que chegou aqui! Não queria que as minhas meninas se aproximassem de você, porque para mim, você já estava suja pelo pecado da carne. Sinto-me a pior pessoa que existe por ter pensado essas coisas. Juro pela minha alma que um dia há de queimar!

— Mas depois você passou a cuidar de mim como uma mãe faria. Isso é o mais importante — disse Elisa.

— Eu sei que vocês serão muito felizes juntos, menina.

— Eu também — disse. — E eu perdoo você. Agora vamos voltar, sim? Quero ficar junto do meu marido.

Enquanto os risos e as conversas animadas corriam altos pela fazenda, Oscar apenas observava discretamente sua linda esposa, com seus cabelos vermelhos tão compridos, que mal se escondiam por detrás do longo véu. Ao vê-la sorrir com tamanha delicadeza enquanto conversava com Lucia, recordava-se de quando a viu pela primeira vez, usando apenas um vestido esfarrapado, em pleno outono frio de oito anos atrás. Ainda menina, já possuía uma beleza estonteante, apesar do rosto sujo, coberto por uma poeira alaranjada. Foi possível, ao vê-la tão de perto, notar as marcas secas das lágrimas que criaram pequenas trilhas em suas bochechas delicadas naquele dia. Por um segundo, naquela manhã em que ela passou a fazer parte de sua vida, havia a confundido com um anjo, e naquele momento, tantos anos depois, voltava a pensar, através de uma breve divagação, se ela realmente não era um.

A festa já havia durado tempo demais quando finalmente puderam ir para o quarto. Eleanor e sua filha, Ana, fizeram questão de espalhar arranjos de flores por todo o quarto. A cama estava delicadamente enfeitada com flores do limoeiro, e no chão, alguns pontilhados de pétalas de rosa formavam uma curiosa trilha que levava à porta por onde tinham acabado de entrar. O cheiro suave das flores se espalhou por todo o lugar, graças à brisa fresca da noite que passeava por lá.

Apesar de já ter se deitado com Oscar, Elisa sentia-se ligeiramente nervosa e seu coração batia cada vez mais rápido ao se encontrar diante daquela cama com ele. Exibia um sorriso acanhado ao lembrar-se de quando percebeu que estava apaixonada.

— Nosso quarto está muito bonito — ele disse baixinho, cruzando os braços ao redor da cintura dela. Elisa suspirou quando ele afastou seus cabelos e a beijou na nuca.

— Sim, está...

— Tem uma coisa que quero lhe dar. É um presente — ele disse, afastando-se dela. Oscar abriu a última gaveta do armarinho e tirou de lá uma pequena caixa de madeira rubra, cuja tampa talhada exibia um símbolo curioso. Ele abriu a caixa e tirou algo de dentro. — Um presente?

Ele segurou a mão direita de Elisa e colocou um anel em seu dedo. Era de ouro puro e tinha uma pequena e brilhante pedra vermelha no topo. Era simplesmente munido de uma beleza incrível, tal como Elisa.

— Pertencia à minha mãe. Era muito especial para ela e agora quero que fique com você. Tenho certeza de que se estivesse viva, ela mesma lhe daria este presente.

— Obrigada! É realmente... lindo! — ela simplesmente encantou-se pelo anel e mais um pouco acabaria por ficar hipnotizada ao olhar tão profundamente para aquele vermelho cor-de-sangue. Parecia haver algum tipo de energia estranha naquela pedra, que fazia com que olhá-la diretamente, desligasse o mundo ao redor. Diante do encanto de Elisa, que parecia não ouvir nada do que lhe era dito, Oscar decidiu por tirar delicadamente o anel de seu dedo, e assim que ele o fez, ela olhou confusa. Ao pensar sobre os efeitos que aquilo lhe causara, Elisa achou por bem simplesmente manter o anel guardado no mesmo lugar de sempre.

— Há certas coisas que devem permanecer escondidas — ela disse, tentando fazer com que ele não se sentisse tão mal pela escolha do presente.

Através do dossel, era possível ver os dois nus, entrelaçados na cama. Escapavam pela janela os gemidos profundos de sofreguidão, as súplicas, juras e confissões que extravasavam do auge do prazer que sentiam nos braços um do outro. As peles tornavam-se coradas por uma vermelhidão lasciva, e o suor que brotava dos poros, deslizava fresco pela camada quente da carne extasiada. Toda a intensidade de sensações que experimentavam na cama, parecia ser puxada das entranhas, de suas almas, e então, gritos e gemidos ecoavam por toda parte e eram levados pela noite afora.

Quando acabaram de fazer amor, oficialmente como marido e mulher, permaneceram abraçados um ao outro, cobertos por uma camada reluzente de suor. O calor da pele misturado ao cheiro das flores do limoeiro deixava o quarto incrivelmente abafado. Da cama, podiam observar o brilho da lua cheia que lhes espiava pela janela escancarada. O céu estava limpo e estrelado, tomado por um azul escuro intenso que se acentuava graças ao brilho da lua.

— Vivemos no paraíso — disse Oscar, retomando o fôlego aos poucos.

— Sim. Vivemos... — Elisa resmungou. Em seguida, sentou-se na cama, permitindo que ele visse o brilho em seu corpo suado e disse, convicta: — Sei que nunca existiria alguém melhor que eu para você. Foi por isso que me encontrou naquele dia...

— Sim, eu sei disso e prometo que farei de tudo para ser um bom marido.

— Então nunca mais vai sair no meio da noite? Às escondidas? Para se encontrar com qualquer outra mulher? —

Oscar percebeu o ciúme atravessá-lo sutilmente através daquela voz macia, então ele sorriu, sentou-se diante de Elisa, tocou delicadamente seu rosto com as costas dos dedos e respondeu, olhando em seus olhos:

— Nunca mais, Elisa. Eu amo você e juro que nunca vou te desrespeitar ou fazer qualquer coisa que possa machucá-la. Confie em mim.

Oscar não contou a ela — apesar de saber que sequer seria preciso, pois Elisa notaria caso ele escapasse no meio da noite —, mas desde que ela passou a estar em seus pensamentos de uma forma que ele não achava que deveria, nunca mais sentira vontade de procurar alguma mulher para levar para a cama. Elisa sempre vinha em sua mente, e pensar nela, lhe bastava.

Dias após o casamento, algumas mudanças começaram a chamar a atenção de todos na fazenda. A fertilidade dos animais e da terra parecia ter fugido ao natural. As galinhas poedeiras passaram a botar vários ovos de uma vez. Os pintinhos, que haviam deixado seus ovos há tão pouco tempo, ficavam maiores a cada dia que passava e já estavam com o dobro do tamanho que deveriam estar e, em particular, Elisa assustou-se ao visitar o pomar e descobrir que as laranjeiras, macieiras e os limoeiros já estavam carregados de frutos e eram maiores do que o normal. Teriam de ser colhidos o mais rápido possível, antes que começassem a estragar e acabassem atraindo os insetos que volta e meia atacavam o pomar.

Elisa estava inquieta com aquilo tudo. Nada do que estava acontecendo tinha explicação e era uma energia tão intensa que emanava daquele lugar, que ao mesmo tempo em que sentia-se feliz, um aperto em seu peito começava a surgir.

Por conta daquelas coisas boas, porém estranhas, Oscar conversou com todos, e ficou decidido que ninguém comentaria coisa alguma do que estava acontecendo na fazenda com qualquer pessoa de fora. Claro que o povo começaria a fofocar quando Oscar partisse para fazer suas vendas, mas ele já havia encontrado uma maneira de justificar aquilo tudo, pelo menos, por aquele momento.

E assim se confirmou o temor de Elisa. Alguns meses depois, além dos boatos supersticiosos sobre o milho colhido intacto na fazenda dos Cullen, todos já comentavam a respeito das frutas que Oscar passara a vender. Antes, o pomar possuía frutas o suficiente apenas para que as famílias que viviam ali na fazenda pudessem se alimentar, mas a natureza estava tão irregular e abundante, que os diversos pés, mesmo fora da estação, estavam carregados de frutos completamente maduros e suculentos. Simplesmente renasciam da noite para o dia.

As mulheres da fazenda, e até o pequeno Lucero, passavam horas a fio colhendo as frutas o mais rápido que podiam. O menino, que pouco crescia e tinha a aparência de ser mais novo do que realmente era, se divertia naquela tarefa enquanto aproveitava para encher a pança entre uma fruta e outra que lançava no cesto. Oscar e Daniel mal davam conta de vender todas as frutas colhidas e passaram a doar parte à igreja, para que padre Belamino distribuísse aos mais necessitados.

Um prazeroso trabalho era aquele, e Elisa, ao fim do dia, estava sempre cheirando a flores e frutas. Era assim que recebia seu marido para jantar. Sempre esperava por ele na varanda, ansiosa para que chegasse a hora em que estariam juntos na cama. Oscar nunca conseguia resistir ao cheiro e aos lábios macios de Elisa. Naquela noite, porém, ele encontrava-se pensativo na cama. Ela contentou-se, então, em deitar a cabeça em seu peito, acariciando-lhe delicadamente com a mão, mas diante dos suspiros de preocupação do marido, disse:

— Por favor, conte para mim o que está se passando...
— Oscar a apertou junto dele e respondeu:

— Não é nada, querida, só estou preocupado. — Elisa deitou-se de bruços, pondo de lado os longos cabelos que lhe cobriam as costas e aconchegou o rosto no pescoço de Oscar, antes de dizer:

— Eu também fico assustada com tudo isso, mas é a natureza que resolveu nos abençoar e os outros terão de entender.

— Eu sei, Elisa, mas estou preocupado. Quando minha mãe estava viva e fazia seus benditos rituais antes da colheita, as coisas não chegaram ao ponto em que estão agora. Principalmente, me preocupo quanto a Henrico González e aqueles malditos filhos dele. Ouvi boatos na cidade e agora preciso pensar no que fazer.

— Não há nada que possa ser feito. Não podemos deixar que tudo por aqui simplesmente apodreça por conta de meia dúzia de fazendeiros invejosos.

— Deixe isso para lá, Elisa. Não quero preocupá-la com essas coisas agora. Vamos apenas descansar. Hoje foi um longo dia...

Elisa se sentou na cama e livrou-se da roupa de dormir, antes de voltar para os braços dele e dizer:

— Sim, mas meu corpo continua precisando do seu...

Alguns meses depois, Elisa foi dar água fresca aos porcos e não conseguiu. O cheiro estava tão forte que ela simplesmente largou o balde e saiu correndo dali para vomitar. Já estava sentindo um leve enjoo desde o jantar da noite anterior, quando não conseguiu terminar a galinha do prato, mas naquele momento, seu estômago se revirava fortemente e ela suava frio no chão de terra, desejando que nunca mais voltasse a sentir tal coisa. Não queria que ninguém visse, então, tratou de se sentar perto dos arbustos e permaneceu lá até que pudesse se sentir melhor.

No fim da tarde, preparou o jantar tapando o nariz, porque tudo estava lhe provocando enjoos. Quando anoiteceu, teve de deixar que Oscar jantasse sozinho, pois não aguentava sequer vê-lo comer. Ele não conseguia esconder o tamanho de sua preocupação e assim que terminou seu jantar, foi vê-la no quarto.

Elisa estava sentada nua, próxima à janela, com seus longos cabelos quase deslizando sobre o chão. A visão de sua silhueta iluminada pela luz amarelada do lampião provocava em Oscar um fascínio difícil de controlar, e ao mesmo tempo, medo. Estava com medo de que ela estivesse adoecendo, porque antes de sua mãe padecer daquela doença misteriosa, ela vomitava e suava frio o tempo todo, às vezes, andava nua pela casa enquanto dormia e tinha muitos pesadelos. Houve uma hora em que simplesmente não conseguia dormir nem se alimentar. Sua pele começou a envelhecer rapidamente, como se algo sugasse aos poucos o resto de sua juventude.

Amallia Cullen tinha apenas quarenta e seis anos quando morreu, mas sua aparência era de uma senhora de oitenta. Tal fato havia sido mais um motivo para que tantos aumentassem ainda mais as lendas sobre a família Cullen. Alguns acreditavam que ela era uma bruxa que havia enfeitiçado Alexander Cullen, pai de Oscar, o levando a desmanchar, de uma hora para outra, o noivado de anos com Morgana Battisti, que pertencia a uma família influente da região.

Amallia era naturalmente misteriosa. O pouco que se sabia a seu respeito, era que lidava com ervas e encantamentos para curar doentes antes de chegar ali. Dizia-se descendente dos celtas, apesar de ninguém poder confirmar tal afirmação. Quando o padre comentou com alguns fiéis sobre as condições de Amallia em seu leito de morte, todos tiveram a certeza de que ela era uma feiticeira e que havia tido sua paga por invocar forças ocultas em rituais pagãos nas épocas de colheita. Oscar nunca acreditara de fato nos poderes dos rituais, mas era inegável que de um jeito ou de outro, a fazenda era muito próspera, de forma que nenhuma outra conseguia.

Elisa sequer percebeu a entrada de Oscar no quarto. Quando ele se aproximou, encontrou-a como se estivesse em transe, com seus olhos arregalados, fitos na lua, e sua pele estava coberta por um suor gélido que fez Oscar estremecer ao tocá-la. De forma alguma ela o percebia ali, então, com muito cuidado, ele ajoelhou-se diante dela, segurou em suas mãos e a beijou no rosto antes de sussurrar em seus ouvidos:

— Elisa. Volte para mim, querida. Elisa, acorde, vamos... — de repente, ela saltou na cadeira como se tivesse levado uma chicotada no couro. Oscar ficou tão assustado, que chegou a sentir leves pontadas no peito e precisou se sentar para se recompor.

Elisa olhava para ele, com seus olhos assustados e parecia não reconhecê-lo. Ela tentou se levantar, mas seus movimentos tão imprecisos fizeram com que caísse de joelhos no chão. Oscar então a abraçou forte e a colocou na cama. A respiração curta que ela exalava começou a se acalmar e, de repente, perguntou confusa:

— O que aconteceu comigo? Isso é real?

— É claro, Elisa, estou aqui com você... — ela olhou pensativa para ele e disse:

— Meu corpo! Não conseguia me mexer! Alguém estava me sussurrando algo importante nos ouvidos, mas não posso lembrar o que era.

— Está tudo bem agora, Elisa. Não pense nisso, está bem? Vamos descansar. Você precisa se cobrir, está tão gelada!

Após um curto período de enjoos constantes e fortes dores no ventre, Elisa tomou-se por um intenso sono que a fazia dormir sempre que podia. As noites de amor com Oscar já praticamente não aconteciam. Por mais que ela tentasse se manter acordada, seu corpo cedia facilmente àquele sono intransponível. Oscar mantinha-se paciente e cuidadoso com ela. Algo dentro dele lhe dizia que alguma coisa estava acontecendo, e o maior medo de sua vida, passou a ser o de perdê-la. Apenas Elisa trouxera aquele sentimento forte que lhe preenchia e não importava o que viesse a acontecer, era dela que ele precisava para se sentir completo.

Algumas semanas depois, Elisa estava distraída na cozinha, preparando o almoço, quando sentiu um par de mãos lhe apertando os quadris e tocando firme em seu ventre. Ela teve um sobressalto, e antes de reagir, ouviu a voz de Eleanor sussurrar:

— Eu sabia, menina! Eu sabia!

— Sabia de quê? — Elisa perguntou, espantada com sua atitude. Eleanor novamente apalpou-lhe o ventre, assustando-a ainda mais. — O que foi? Por que está me tocando?

— Porque tem uma criança crescendo aqui dentro e eu já posso senti-la! — Elisa ficou confusa e sentiu um choro apertar sua garganta enquanto suas mãos começavam a tremer

— Seu vestido não está mais apertado? Há quanto tempo seu sangue não desce?

— Santo Deus! Quer dizer que... Quer dizer que...

— Quer dizer, menina, que você está carregando uma criança no ventre. Não se preocupe, eu não estou enganada e acho que agora o seu coração sente, não é?

Elisa desabou em lágrimas. Talvez fosse isso que as vozes estivessem tentando lhe contar. Estava tão feliz e tocava o ventre com tanto sentimento, que acreditava poder se comunicar com o próprio filho, que ainda era tão pequeno. Tudo que ela sonhara, estava finalmente se realizando.

Eleanor a abraçou forte, e em seguida, correu em disparada, batendo palmas e gritando a plenos pulmões pela fazenda:

— Menina Elisa vai ter um bebê! A menina vai ter um bebê! Estão ouvindo? Um bebê!

Oscar estava arando a terra junto de Daniel e dos ajudantes da fazenda Carmino, quando viu a figura desvairada de Eleanor acenando e gritando como se o mundo estivesse prestes a acabar. Estava tão cansado debaixo daquele sol, que mal conseguia prestar atenção no que acontecia ao redor. A única coisa que tinha em sua mente, naquele momento, era a visão de suas mãos cansadas enquanto guiava o arado, e do lombo dos bois enquanto desfilavam à sua frente sobre a terra recém-revirada. Embora a terra parecesse ter ficado mais fofa por ali, o trabalho ainda era demasiado cansativo, especialmente com o calor que fazia por aqueles dias.

Todos estavam calados. Já não havia mais assunto que pudesse ser conversado com o cansaço que lhes pesava no lombo, mas os gritos de Eleanor fizeram com que todos fossem despertados da condição automática em que se encontravam. Oscar enxugou a grande camada de suor da testa com a mão, e cuspiu a saliva azeda sobre a terra, antes de beber um pouco d'água do cantil enquanto observava Eleanor acenando.

— Mas o que há com essa mulher? — ele questionou, sem entender o motivo de tanta euforia. Os rapazes continuaram em silêncio, até que Norberto, o jovem corpulento que Oscar contratara para ajudá-lo no lugar de Arnesto — que já estava muito velho e cansado para um trabalho daquele —, disse:

— Acho que ela está dizendo que a sua senhora vai ter um bebê. — Daniel soltou uma risada cansada e disse:

— Sim, foi o que pensei ter ouvido. Parabéns! — Ele apertou a mão de Oscar, que sem reação, continuou repassando o que tinha acabado de ouvir.

Oscar largou o arado e correu até Eleanor o mais depressa que seus pés cansados lhe permitiram. Ela estava suada, mal conseguia respirar, mas um enorme sorriso preenchia seus finos lábios. Assim como Joanna, Eleanor era como uma mãe para Oscar. Ela era apenas uma moça quando ele nasceu e já trabalhava para a sua família, junto de Arnesto, que desejou casar-se com ela assim que a viu chegar ali. Havia sido ela quem ajudou Amallia a cuidar do filho, e por isso, ela sempre expressava um sentimento maternal por ele. Naquele momento, ela mostrava o avanço da idade através de seus cabelos acinzentados e das rugas bem marcadas em sua pele, mas Eleanor tinha um brilho tão vívido em seus olhos, que Oscar sabia que nunca se apagaria, até o dia em que ela finalmente partisse para o lugar onde afirmava que "um dia iria queimar".

— A menina... Ela está esperando um filho seu! — disse Eleanor, trêmula de emoção. Oscar não sabia ao certo como definir aquele sentimento que percorria sua alma naquele momento. Nunca antes em sua vida havia desejado se casar ou ter filhos, mas tudo mudou quando finalmente percebeu que não podia lutar contra o sentimento forte que tinha por Elisa. Apesar de imaginar que em algum momento se tornaria pai, lidar com a certeza de que em breve conheceria seu primeiro filho, fazia seu coração se apertar de uma alegria estranha e, ao mesmo tempo, medo. Era um misto de sentimentos que não conseguia definir.

Elisa surgiu na varanda e olhou para Oscar, que estava completamente abatido pelo cansaço e sujo de terra. Havia algo muito especial em seu olhar cansado...

Naquela noite, apesar do avançado das horas, todos estavam comemorando a chegada do primeiro filho de Oscar e Elisa. Eleanor fizera questão de preparar o banquete e mandou que Arnesto fosse avisar Joanna para que viesse também. Como Elisa bem pôde imaginar, Joanna veio imediatamente, porque queria ajudar na preparação da comida.

Um porco havia sido abatido e passou boa parte daquela tarde curtindo no tacho de temperos, enquanto Joanna e Eleanor se revezavam para fazer os doces para a sobremesa. As discussões das duas podiam ser ouvidas por todos os corredores daquela imensa casa, pois quase nunca concordavam com a maneira com que a outra preparava isso ou aquilo. Na verdade, ambas sentiam certo ciúmes, tanto de Oscar, quanto de Elisa, e Eleanor já demonstrava sua insatisfação com Joanna desde que Amallia Cullen passou a se afastar dela, criando uma grande amizade com aquela mulher extravagante que não mais saía de lá. Havia sido este o motivo pelo qual Eleanor tornou-se uma mulher tão carrancuda, mas que com o passar do tempo, em sua convivência com a "menina Elisa", voltou a ser mais gentil e carinhosa com todos.

Após o jantar, Oscar estava no quarto, todo esticado na cama. Fitava o teto, pensativo, quando Elisa entrou pela porta completamente nua. Na maior parte das vezes, principalmente em noites quentes como aquela, Elisa sempre andava nua pela casa e dormia coberta apenas por um fino lençol, sempre de bruços, com o rosto suavemente pousado sobre o travesseiro. Oscar gostava disso. Encantava-o completamente a forma como ela se sentia tão livre e natural perto dele, a ponto de exibir sua nudez da forma mais singela que alguém poderia.

Ele olhou apaixonadamente para ela, pensando no ser que estava em seu ventre e sentou-se na cama, esperando que ela se aconchegasse em seus braços, mas em vez disso, ela avançou por sobre a cama e sentou-se sobre ele, entrelaçando as pernas ao redor de sua cintura antes de beijá-lo.

— Fico com medo de te tocar assim. Você está carregando uma criança aí dentro.

— Nada de ruim vai acontecer ao nosso filho.

E tudo ficou bem, exatamente como Elisa havia previsto. O bebê crescia forte e ela já estava acostumada com os constantes chutes e empurrões que ele dava, fazendo com que os pequenos pezinhos se projetassem através da pele dela. Oscar estava feliz com sua vida de homem casado. Nunca mais se interessou em procurar por qualquer outra mulher, porque a única que preenchia seus pensamentos, não importasse o que ele estivesse fazendo, era Elisa.

Oscar passou a revezar entre suas tarefas diárias e a construção do berço do bebê. Ele escolhera a melhor madeira, e passava os fins de tarde livrando-a das farpas, polindo e medindo as partes para que o berço ficasse no tamanho e altura ideal. Sentia-se orgulhoso por criar o berço de seu próprio filho e que acabaria por ficar pelas gerações que se sucedessem. Enquanto isso, Elisa cuidava do enxoval com a ajuda de Eleanor e Joanna, que ao menos uma vez na semana tinha de ir até lá para ver como ela estava e bordar enquanto conversavam.

Com o avançar da gravidez, Elisa já andava muito cansada por conta do peso da barriga que estava bem grande, e dificilmente conseguia passear pela fazenda, como costumava fazer nos momentos de descanso. Certa tarde de sábado, porém, ela propôs a Oscar que tomassem juntos um banho de rio. O calor estava intenso e não havia nada que pudessem fazer para se refrescar que não fosse passar um bom tempo nas águas calmas e frias que cortavam a fazenda.

TERRA VAZIA

Elisa sentou-se à beira do rio e abriu todos os botões de seu vestido enquanto despejava água fresca sobre as pernas. Oscar, apreciando a beleza que ela manifestava, encharcou um pedaço de pano e lentamente o torceu sobre os seios dela, enquanto observava a vasta quantia de veias azuis que por ali se espalharam. Elisa riu, sentindo o frescor gelado da água percorrer sua pele quente. Aquela era simplesmente uma tarde perfeita. Assim que ela se livrou do vestido e entrou na água, fizeram amor.

Algumas noites depois, Oscar despertou em plena madrugada, e ao esticar a mão para tocar em Elisa, percebeu que ela não estava na cama. A princípio, pensou que ela teria se levantado para beber um copo d'água ou para usar o banheiro lá fora, mas o tempo começou a passar e ela estava demorando a voltar. Oscar, então, se levantou e foi procurá-la para ver se estava tudo bem. Ao chegar à cozinha, percebeu que a porta estava aberta. Lá fora, não havia sinal algum de Elisa e seu coração começou a se apertar. A gravidez já estava avançada e ela poderia se machucar andando naquela escuridão.

— Elisa! Elisa! – ele gritava, mas não havia qualquer resposta. Oscar entrou em desespero. Voltou para casa para pegar o lampião e saiu afoito, apenas com suas roupas de baixo, na tentativa de encontrá-la.

Ele a procurou por toda a parte, e por fim, pensou em bater na casa de Eleanor e Arnesto, mas tudo estava escuro e no mais absoluto silêncio. De qualquer forma, tentando se controlar para pensar, Oscar chegara à conclusão de que não teria qualquer motivo para que ela estivesse na casa de qualquer pessoa àquelas horas, e foi então, que algo veio aos seus pensamentos: o rio. Elisa tinha a necessidade constante de escapar para ir até o rio, mesmo com a barriga tão grande.

Oscar correu direto para lá, sentindo o ar mais frio do meio da noite lhe arder na pele. Quando enfim chegou ao rio, assustou-se ao vê-la de joelhos na água, com seus braços ligeiramente esticados para cima, como um louva-a-deus fazendo uma oração.

— Elisa... — ele murmurou para si mesmo, pensando que ela parecia simplesmente enfeitiçada.

Ao chegar bem perto dela, Oscar sentiu o coração disparar no peito. Seus olhos estavam abertos e esbranquiçados. Parecia hipnotizada enquanto olhava para a lua. Os lábios tremiam enquanto ela balbuciava algo que Oscar simplesmente não conseguia entender. A água estava muito gelada e ele temia que ela adoecesse por conta do frio que fazia ali. Realmente não fazia ideia de quanto tempo ela já estava naquele rio.

Oscar tentou tirá-la de lá, mas Elisa estava com o corpo tão duro que parecia ter virado pedra. Mesmo assim, ele conseguiu tirá-la da água com grande dificuldade e percorreu todo o caminho de volta para casa, no mais absoluto escuro, sentindo a pele incrivelmente gelada de Elisa queimar seu peito. E durante o caminho todo, ela continuava balbuciando algo que ele não podia compreender.

Oscar já estava quase sem ar e sentia como se o coração fosse explodir quando enfim a colocou na cama. Ele a secou com uma toalha e a enrolou em uma porção de cobertas recheadas de lã de ovelha e ficou conversando com ela até que finalmente Elisa fechou os olhos e dormiu. Depois do susto, ao encontrá-la fora de si daquela maneira, Oscar não conseguiu mais pregar os olhos e o sono e cansaço que sentia, simplesmente desapareceram de seu corpo. Tudo que ele pensava era nela e na criança. Inclusive, fez questão de que o médico fosse até a fazenda para vê-la na manhã seguinte.

Ele não conseguia negar mais, que talvez tudo que sua mãe acreditava, fosse verdade e, principalmente, que Elisa era realmente a mulher de quem ela falava que um dia traria prosperidade à fazenda, assim como ela havia feito junto de seu pai. Mas era algo de que ele não gostava. Recordava-se de quando era pequeno e volta e meia seu pai corria desesperado pela casa, à procura de sua mãe, que simplesmente sumia no meio da noite enquanto era guiada pelas tais vozes do além. Certa vez, seu pai encontrou-a no rio, e Oscar viu pela fresta da porta a maneira assustadora que sua mãe se encontrava quando a trouxeram de volta.

Durante todos os anos de convivência antes do casamento, Elisa nunca passara por aquele tipo de coisa, e ele tentava arduamente encontrar um sentido para o que estava acontecendo com ela.

Quando Elisa finalmente despertou, não se recordava de nada do que havia acontecido, apenas sentia-se cansada. Mesmo assim, fez questão de se levantar para preparar o café enquanto Oscar tratava de trazer o leite. Apesar do sorriso meigo que ela exibia enquanto se alimentava, Oscar estava muito sério. Sua expressão de infinita preocupação continuava marcada em seu rosto mesmo quando tentava sorrir de volta para ela. E foi então, que ele decidiu:

— Vou ter de trancá-la comigo quando chegar a hora de irmos para a cama. Não posso mais deixar que aconteça de novo. Você poderia estar morta agora...e nosso bebê junto — Elisa suspirou e explicou:

— Como já disse antes, não me recordo de nada do que houve, mas acho que é por algum bom motivo que isso vem acontecendo.

— Por favor, Elisa, quando te trouxe para cá, mesmo sem imaginar que um dia poderíamos nos tornar marido e mulher, prometi a mim mesmo que a protegeria sempre, e é isso que vou continuar a fazer... Principalmente agora que nosso filho ou filha está para nascer.

— Tudo bem. Faremos o que for melhor.

Felizmente, o médico avaliou que tanto Elisa quanto o bebê estavam bem. Pediu apenas que voltassem a procurá-lo caso ela passasse a ter tosses ou febre, pois ter ficado na água gelada por tanto tempo, no meio da noite, poderia lhe provocar uma pneumonia.

Algumas noites depois, Oscar estava na varanda com Elisa, enquanto apreciavam a noite fresca em suas cadeiras de balanço. Ele mantinha a mão pousada sobre a enorme barriga que ela exibia e se divertia ao sentir o bebê se revirando lá dentro. Elisa assustou-se, mas acabou rindo por notar que uma parte de sua barriga estava mais alta que a outra.

— Alguém está ansioso para vir ao mundo — ela disse, se ajeitando na cadeira. De repente, ouviu-se de longe o trotar dos cavalos que vinham depressa em direção à fazenda. Oscar saltou da cadeira e disse:

— Por favor, fique lá dentro e não saia de forma alguma, está bem? — ele esticou o braço para ajudá-la a se levantar com cuidado e a acompanhou para dentro da casa. Em seguida, pegou sua espingarda e antes que pudesse passar pela porta, Elisa segurou em sua mão e o beijou na testa:

— É um sinal de boa sorte.

Apesar de assustada, sem saber quem poderia ser a uma hora daquelas, Elisa permaneceu bem perto da porta, escutando o barulho dos cavalos que vinham de pressa. Logo, a voz rouca de Arnesto e suas tosses cada vez mais constantes foram se aproximando também e Elisa viu quando ele parou ao lado de Oscar, à espera de quem quer que fossem os visitantes inoportunos.

Logo, os sons dos trotes apressados se silenciaram e a única coisa que podia ser ouvida, era o resfolegar dos cavalos. Elisa estava apreensiva, com suas mãos cruzadas diante do peito enquanto tentava entender o que poderia estar acontecendo do lado de fora. O bebê agitou-se de tal maneira, que ela precisou se sentar na tentativa de acalmá-lo, e diante da luz da lamparina, conversava com a própria barriga, sentindo uma tremenda angústia invadir seu peito. Era sufocante demais, como um presságio, e ao dar ouvidos aos sentimentos ruins, algo caiu e se estatelou sobre o piso de madeira, produzindo um som oco. Para Elisa, era a confirmação de que algo ruim poderia acontecer.

Assim que ouviu os cavalos avançando rápido em direção à sua fazenda, Oscar já imaginava que o maldito Henrico González e seus filhos ordinários estavam prestes a lhe fazer uma visita indesejada. Na verdade, já esperava que acontecesse mais cedo ou mais tarde, depois que todos ficaram sabendo sobre o milho que sobrevivera à tempestade e sobre a abundância das frutas do pomar, que fez com que Oscar aumentasse incrivelmente seus lucros com os comerciantes locais e das redondezas; tornando-se o único a ter tamanha variedade de frutos disponíveis ao mesmo tempo e todos perfeitos, suculentos e livres de qualquer praga. Eram realmente abençoados, fosse pelo que fosse.

Henrico González era um sujeito gordo e atarracado, cuja altura mal chegava ao peito de Oscar, que era um homem notavelmente alto, se comparado a parte das pessoas daquela região. Usava sempre um chapéu de formato curioso que mantinha sempre bem cuidado, o qual Oscar acreditava que o sujeito não devia tirar nem na hora de ter suas intimidades com a esposa, que era uma senhora visivelmente mais jovem, de pele bronzeada, cabelos negros como as penas de um corvo e exibia sempre um olhar desconfiado; mas que sempre fora educada com ele e sua família. Parecia contra a natureza que uma mulher como ela tivesse se unido a um homem como Henrico e parido alguém tão desprezível quanto Anton González.

Oscar parecia tranquilo como sempre, assim como Arnesto, que apenas observava a todos calmamente e limitava-se a permanecer próximo de Oscar.

Henrico permaneceu em seu cavalo, escarrou sobre a terra e passou a mão nos bigodes grossos e mesclados de branco e preto antes de tirar o chapéu, em sinal de cumprimento. Em seguida, disse:

— Como vai, meu jovem? — era assim que Henrico sempre lhe chamava, desde a primeira vez em que se encontraram em um bar. Havia sido quando Alexander, pai de Oscar, decidiu levá-lo para tomar sua primeira bebida em um ambiente como aquele.

— O que querem aqui? — perguntou Oscar, demonstrando o mais absoluto controle enquanto analisava cautelosamente o velho.

— Calma, meu jovem, viemos apenas conversar! Soube que sua senhora está grávida. Desejo-lhes minhas mais sinceras felicitações — disse Henrico, que sempre gostava de se exibir com um vocabulário pomposo que definitivamente não combinava com ele.

— Agradeço. Agora, se não se importam, já está muito tarde e preciso descansar. Diga de uma vez, qual é o assunto? — Anton encarou Oscar com um olhar cínico enquanto o pai ajeitava o colarinho da camisa, mostrando certa apreensão.

— Bem, vou direto ao assunto. Quanto você quer para me vender a sua fazenda com tudo que ela possui? — Oscar deixou escapar um riso incrédulo, olhou para Arnesto e em seguida respondeu:

— E serei igualmente direto, senhor González, como dá última vez em que invadiram minha propriedade para me fazer a mesma pergunta estúpida: minha terra não está à venda nem nunca estará não importa por qual quantia esteja disposto a pagar. — Anton puxou as rédeas de seu cavalo e virou-se, como se estivesse prestes a sair em disparada, mas Henrico insistiu:

— Veja, Cullen, sou um homem de muitas propriedades, mas nenhuma delas é esta aqui e eu a quero muito. Posso pagar o valor que desejar por estas terras. Vejo que está cuidando bem das coisas, mas, você ainda é inexperiente para dar conta de coisas tão grandes com pouca gente trabalhando para você. Este velho que te acompanha como um cão sarnento logo não dará mais conta do trabalho braçal e só restará quem? Quantos para te ajudar nas tarefas? — Arnesto não pareceu se incomodar nem por um minuto com a ofensa, apenas permaneceu calado, vendo o tamanho da prepotência daquele sujeito odioso. — Podemos negociar. Você me vende sua terra por um valor que ache justo e eu lhe pagarei ainda uma pequena porcentagem de lucro por conta dos animais, sei que mal tem mais espaço para abrigar tantos em sua fazenda. Registraremos tudo com o tabelião, como deve ser feito.

— Não vou repetir o que já disse antes. Aceite o fato de que por dinheiro algum desse mundo você irá tirar o que é meu e consequentemente dos filhos que ainda vou ter. Agora retirem-se daqui de uma vez e não se atrevam a voltar! É meu último aviso.

Dias depois da visita repentina de Henrico González, Elisa amanheceu com dores no pé da barriga, e com o decorrer das horas, a dor foi se tornando cada vez mais forte a ponto de ela precisar permanecer sentada durante a maior parte do dia. Sentia o bebê se empurrar para baixo a cada vez que seu ventre se contraía, causando-lhe uma forte dor que se espalhava pelas pernas.

Na manhã seguinte, Oscar foi até a parteira. Ela vivia em uma casinha simples de madeira velha, com telhado de palha, bem afastada do centro da cidade, mas todos conseguiam encontrá-la facilmente quando precisavam dos seus serviços. Assim como a mãe de Oscar, Constanza, a parteira, tinha sua conexão misteriosa com a natureza, por isso também, gostava de viver em seu canto, desprovida de qualquer luxo que alguém quisesse lhe proporcionar. Da família mais pobre à mais rica, todos tentavam lhe presentear por trazer seus filhos ao mundo ou por contatar os elementos da natureza na tentativa de curar alguma doença, mas ela sempre se recusava, pois não havia maior paga para ela que não fosse apenas fazer o bem aos demais, e em compensação, a natureza sempre lhe retribuía.

O lugar era cercado por um vasto campo de flores silvestres e tudo por ali era mais silencioso que o normal. Oscar gostava da sensação de paz que sentia ao caminhar pelo capim dourado que roçava em suas mãos. Ele olhou bem para a casinha fechada e antes que chegasse à porta para chamar por Constanza, a velha senhora surgiu detrás da casa, carregando uma sacola de pano em uma das mãos e na outra, uma porção de pequenos galhos de alfazemas e ervas.

— Olá, meu filho. Estava esperando por você — ela disse, enquanto exibia um sorriso meigo. — Fui apenas pegar essas flores para a menina. Como ela está?

— Está com fortes dores. Tem certeza de que o bebê chegará a qualquer momento — ele respondeu ansioso, mas Constanza apertou suas mãos e disse:

— Sim, está perto, mas a lua ainda não mostrou sua metade plena no céu, e apenas quando essa hora chegar, seu filho virá ao mundo.

Ninguém sabia ao certo a idade de Constanza, nem ao menos seu sobrenome ou de onde ela vinha. Toda vez que eu alguém lhe perguntava sobre isso, ela respondia: "Eu venho da natureza, assim como todo ser vivo na terra" e desconversava. Havia rumores de que ela já teria mais de cem anos, apesar de aparentar não ser tão velha, pois a maioria dos habitantes daquele lugar tinha vindo ao mundo por suas mãos e diziam os mais velhos que, na época, ela já teria a mesma aparência, portanto, não envelhecia mais. De fato, Oscar achava curioso que assim como tantas vidas ela havia presenciado chegar, muitas, havia presenciado partir, principalmente daqueles de quem ela tinha ouvido o primeiro choro. De qualquer forma, ele era completamente cético em relação às lendas que as pessoas gostavam de inventar sobre as outras naquela cidade.

Quando enfim Oscar retornou para casa acompanhado de Constanza, Eleanor estava na porta, de braços cruzados, com olhar de preocupação. Ela foi até eles e disse:

— Menina Elisa está na cama! Suas dores estão mais fortes e ela mal consegue se levantar! — Oscar ajudou Constanza a descer do automóvel e ela acompanhou Eleanor até o quarto.

Elisa mal podia respirar por conta das dores que apertavam cada vez mais seu ventre. Tinha medo de se levantar e o bebê acabar por despencar de dentro dela, pela força que ele fazia ao se empurrar cada vez mais para baixo, quando ela era invadida pela dor que se espalhava pelas costas.

Constanza pediu a Oscar que esperasse do lado de fora enquanto conversava com Elisa para tentar acalmá-la. Quando a mulher entrou, suspirou profundamente e abriu logo um sorriso antes de se aproximar da cama e pôr as mãos sobre a barriga de Elisa. Em seguida, disse:

— Acalme-se criança. Terá de esperar o minuto certo e ainda não chegou — Elisa olhava curiosa para ela, enquanto a mulher despetalava ao redor da cama o ramo de flores que havia trazido. De repente, Elisa percebeu que suas dores estavam se acalmando e ela já se sentia melhor. — Agora sim, tudo há de ficar bem. Sabe menina, há uma presença muito boa aqui conosco. Não consegue senti-la?

— Sim, eu sinto — respondeu, sentindo como se um peso tivesse saído de seu corpo.

— Você atrai coisas boas. Lembre-se sempre disso se algum dia seu coração se afligir pela dor. Tudo sempre tem uma razão de ser.

E assim como a velha parteira havia previsto, quatro dias depois, no começo da noite, quando a lua aparecia pela metade no céu, Elisa estava sentada ao lado de Oscar na varanda, quando uma forte dor a fez se curvar para frente, em seguida, sentiu uma vibração estranha por dentro e uma água quente e incontrolável irrompeu, molhando suas pernas. Oscar olhava assustado para ela, sem reação, e Elisa precisou puxá-lo pela mão para que a levasse para o quarto.

Logo naquela manhã, como se adivinhasse, Constanza esteve na cozinha, inflamando bacias de alumínio e fervendo ervas enquanto cantarolava animosamente. Ela estava cuidando de tudo na casa com a ajuda de Joanna, que decidira se hospedar ali por alguns dias, até que o bebê nascesse e Elisa se recuperasse do parto. Apesar do desconforto que Eleanor sentia quando estava perto de Joanna, as duas haviam se harmonizado para que Elisa não se sentisse mal em momento algum. Ambas estavam felizes e sentiam-se como avós da criança que estava para nascer, principalmente Joanna, cujo ventre nunca conseguira gerar uma vida.

Elisa estava assustada, sentindo dores cada vez mais intensas e queria estar ao lado de Oscar, mas não podia. Constanza certificou-se de que ele ficaria do lado de fora esperando e mantendo-se calmo.

— Acalme-se menina, vai ver que tudo dará certo, confie em mim. — Constanza abriu as janelas do quarto e Elisa pôde ver a lua brilhando no céu. Em seguida, ela olhou para Joanna e Eleanor e disse: — Quero que segurem na mão da menina para que possamos rezar nossa prece.

Elisa estremecia enquanto as três rezavam à sua volta e um suor começava a brotar em sua testa por conta da força que fazia para tentar conter a dor. Constanza, assim que terminou de entoar sua reza, pôs uma almofada no chão, aos pés da cama e disse:

— Agora preciso que se sente o mais perto da beirada possível e deixe que a dor guie sua força. Não tente evitá-la, simplesmente a abrace e se deixe levar. Dor é sempre vida, querida, por isso os mortos não sentem nada quando se vão. E quanto à senhora — ela disse, olhando para Joanna — ampare a menina pelas costas para que ela fique levemente inclinada.

— Joanna rapidamente o fez, após ajudar Elisa a se ajeitar na cama.

As horas foram se passando e Oscar estava angustiado na sala, ao lado de Arnesto, que também permanecia mudo na maior parte do tempo. Os gritos de dor e gemidos cansados de Elisa, que ecoavam pela casa, faziam-no estremecer. Sentia um medo profundo de perdê-la, e ao mesmo tempo, pensava em seu filho, em como reagiria quando o visse pela primeira vez e o que sentiria ao segurá-lo nos braços. Era um sentimento confuso para um homem, e naquele momento, ele sentia-se vulnerável como uma criança, sem saber o que fazer; mesmo que Arnesto, que era como um pai para ele, volta e meia abrisse a boca para dizer que aquela demora e aqueles gritos eram algo normal. Arnesto já estava acostumado, passou pela mesma aflição por várias vezes.

A noite já se aprofundava e Elisa sentia-se tremendamente cansada. Suas pernas estavam trêmulas e dormentes e os lençóis da cama estavam empapados de suor e sangue. Eleanor limpava o suor de sua testa, enquanto Constanza lhe apertava a barriga, de cima para baixo, fazendo com que Elisa sentisse um desconforto tamanho que pensava que ia morrer. De repente, ela respirou profundamente e fez o máximo de força que pôde, sentindo uma energia forte que brotava de dentro dela e, então, seu ventre se apertou de uma maneira estranha e finalmente sentiu quando a criança lhe escapou por entre as pernas. Constanza disse:

— Já está em minhas mãos!

Ela ergueu o bebê ensanguentado e sujo — que sequer parecia ter percebido que havia deixado o ventre da mãe —, enfiou dois dedos em sua pequena boca e o virou de cabeça para baixo antes de estapeá-lo nas nádegas — É um menino forte e saudável!

Oscar, ao ouvir o choro do bebê que ficava cada vez mais alto, sentiu o corpo esmorecer. Ele sequer conseguia ouvir o que Arnesto lhe dizia enquanto recebia seu abraço. Sua única reação foi correr para o quarto, e quando entrou pela porta, encontrou Elisa, visivelmente exausta, com a criança nos braços.

— É um menino, Oscar! Um menino! Igualzinho ao senhor quando nasceu! — disse Eleanor, emocionada.

Elisa sorriu para ele e deu o bebê para que segurasse. Oscar estava com medo de machucá-lo, pois era um homem bruto, acostumado a lidar com animais e trabalhos pesados; segurar alguém tão frágil era algo que ele nunca fizera em sua vida, mas, com todo cuidado, ele tomou o filho nos braços e examinou aquele pequeno ser assustado, cujos cabelos eram tão escuros, e foi o sentimento mais profundo que ele já experimentara em seus quarenta e um anos de existência.

Quando tocou na pequenina mão de seu filho, o menino apertou seu dedo e Oscar sorriu espantado. Estava tão feliz e tão assustado ao mesmo tempo. Durante toda a gravidez de Elisa, tentara se preparar para aquele momento, mas de nada adiantou, sentia-se totalmente perdido e encantado. O que podia prometer àquele pequeno ser em seus braços, era que faria de tudo para ser um bom pai e tornar aquele menino, um grande homem.

Lamentava por seus pais não estarem vivos para conhecer o primeiro neto. Alexander, seu pai, ao contrário dele, era um homem que se deixava levar por devaneios apaixonados e seu sonho era ter pelo menos oito filhos, mas o único a nascer, foi Oscar. Sua mãe lhe dizia que a natureza era muito sábia, e por isso, não contestava o fato de ter gerado apenas uma criança.

Dias após Elisa dar à luz, algo surpreendente aconteceu na fazenda. Arnesto, cujo olho direito criara um véu branco que o impedia de enxergar normalmente — após um pedaço de lenha ter lhe ferido a vista —, bateu irritantemente na porta, chamando por Oscar. Naquele momento, o galo já cessava seu canto escandaloso e Oscar estava a vestir suas botinas, pronto para começar seus afazeres. Imaginava que algo muito sério estava acontecendo para que Arnesto precisasse bater em sua porta. Ele deu um beijo de bom dia em Elisa e no filho e saiu para ver o que estava acontecendo.

Arnesto estava ofegante e tentava arregalar os olhos para conseguir enxergar Oscar por conta do escuro que ainda diminuía aos poucos. Assim que recuperou o fôlego, disse:

— O senhor precisa vir comigo até o aprisco!

Oscar não conseguia acreditar no que seus olhos viam. Durante a madrugada, uma das ovelhas — que nem sequer havia percebido que estava prenha, devido ao seu comportamento comum e sua silhueta apenas um pouco mais avantajada que o normal — tinha parido cinco carneirinhos, e no estábulo, a égua rajada, a qual Oscar tinha deixado separada dos outros, havia parido dois potrinhos. Era simplesmente assombroso.

Oscar, ao olhar para o rosto espantado de Arnesto diante de tamanho acontecimento, sabia que outra vez, os boatos desmedidos sobre o que ocorria na fazenda Cullen aumentariam e chamariam a atenção dos outros fazendeiros de uma forma bastante inconveniente.

Mais uma vez, Oscar decidiu que o melhor era manter tudo no mais absoluto segredo. Se alguma pessoa de fora descobrisse, ele saberia que alguém muito próximo e de sua confiança estaria tentando prejudicá-lo, portanto, as coisas não acabariam bem e ele teria de tomar providências. Os filhotes seriam mantidos em outro espaço, junto das mães, enquanto se recuperavam e ganhavam força. Pelo menos dois dos carneirinhos seriam vendidos assim que tivessem tamanho.

Algum tempo depois, quando padre Belamino finalmente retornara de sua peregrinação, o menino foi batizado. Decidiram que seu nome seria Nathaniel, após uma conversa com Joanna, que acabara por mencionar tal nome. Elisa gostou da sonoridade e ainda mais do significado que Joanna disse que possuía. A princípio, se chamaria Oscar, como o pai, mas Elisa convenceu o marido de que não conseguiria chamar outro homem pelo mesmo nome que o seu, embora fosse uma tradição. Mas não foi difícil convencê-lo, porque também pensava da mesma forma e, tradição, não era algo que fazia parte de sua criação. Seus pais sempre foram diferentes de qualquer pessoa que ele já conhecera e nunca seguiram o protocolo em suas vidas.

No dia seguinte ao batismo de Nathaniel, Elisa decidiu que devia apresentá-lo à natureza. Escondida de todos, ela foi com o filho até o rio, entrou de roupa e tudo na água levemente fria e deixou que a água cobrisse os pequenos pezinhos do bebê. O menino permaneceu quieto em seus braços enquanto ela sentia uma corrente de vitalidade correr por suas veias.

Não era que não entendesse os propósitos do batismo católico, mas para ela, era uma obrigação pedir as bênçãos da natureza também. Na Aldeia dos Vales, de onde ela vinha, o comum era que as crianças recém-nascidas fossem apresentadas à natureza. Apesar de todos na região terem recebido o batismo católico, pois era a religião predominante, o povo que vivia por lá era mais apegado ao culto à natureza.

Ao longo do tempo, desde que Elisa passou sua primeira noite nos braços de Oscar, os animais pareciam mais férteis e suas crias nasciam cada vez maiores e mais fortes, porém, após o nascimento de Nathaniel, todos os animais, sem exceção, estavam procriando de forma que já não sabiam o que fazer com tantos bichos, e os espaços pela fazenda só se faziam aumentar. Além disso, nenhuma das crias teve qualquer perda.

E foi assim, que dentro de um ano, Oscar Cullen elevou seu poder de fazendeiro. Recebia mais dinheiro que qualquer outro de quem se ouvisse falar. Inevitavelmente, para que os lucros não diminuíssem e nada fosse desperdiçado, Oscar obrigou-se a contratar mais pessoas para trabalhar na fazenda, e por onde se passasse os olhos, era possível ver o aglomerado de trabalhadores, por diversos cantos, divididos em suas tarefas braçais.

À pedido de Elisa, os novos frequentadores da fazenda Cullen foram proibidos de permanecer nos arredores da casa, pois assim que começaram a chegar — após Oscar anunciar pela cidade toda que estava em busca de gente que estivesse disposta a trabalhar duro, a fim de que fossem bem remunerados como em nenhum outro lugar daquela região —, paravam diante da casa e espiavam, a fim de que pudessem enxergar a tal moça, cujos cabelos tão vermelhos teriam nascido do fogo e cuja beleza era tão espantosa que tinha o poder de encantar a natureza. Elisa percebera, assim que deu as boas vindas aos novos empregados, o quanto eles a olhavam assombrosamente. Parecia que no minuto seguinte se ajoelhariam e rezariam diante dela como se fosse uma divindade. Aquilo a incomodava imensamente, pois tudo que desejava, era que as pessoas entendessem que não existia nada de sobrenatural dentro dela, e que era apenas uma mulher de carne e osso.

Tudo, de repente, girava em torno do dinheiro, e Oscar já era bastante respeitado nas redondezas pela maneira audaciosa como passara a conduzir os negócios e, também, por sua firme postura perante as ameaças constantes de outros fazendeiros, que estavam enfurecidos diante da abundância sobrenatural que se espalhara pela fazenda Cullen. Oscar, inclusive, estava empolgado em construir sua própria fábrica de queijos, apenas desanimou-se quando tomou conhecimento de que os equipamentos teriam de vir da Europa, e que demoraria muito para que chegasse ali. Além disso, todo seu empenho e dedicação teriam que ser concentrados na fábrica, e como Oscar fazia questão de estar de olho em tudo que acontecia na fazenda, acabou deixando de lado aquela ideia.

As frutas do pomar davam o ano inteiro. A única coisa que respeitava seu ciclo normal eram as flores, mas depois de um bom tempo, já era tão natural ver as árvores frutíferas carregadas durante todas as estações, que as flores que nasciam para anunciar o nascimento de mais frutos, pareciam apenas meros enfeites. As mulheres passaram a se dedicar apenas ao trabalho no pomar, e quando estavam fora dali, tratavam de cuidar de seus afazeres pessoais. Elisa gostava da companhia delas, e por mais que Oscar quisesse que ela apenas descansasse, pois já havia muita gente trabalhando lá, adorava conversar enquanto colhiam e separavam as frutas. Acabavam conversando sobre assuntos íntimos, que na maioria das vezes provocavam risos e constrangimentos, mas para Elisa, tais coisas eram simplesmente normais. Elisa sentia-se tão à vontade em meio aquele grupo seleto de mulheres, que certo dia, lhes mostrou os cabelos que havia passado a esconder debaixo de um longo pedaço de tecido, para que tivesse mais liberdade para andar pela fazenda sem todos os olhares assustados sobre ela.

No ano seguinte, Elisa descobriu estar grávida novamente. Oscar insistira para que ela escolhesse alguém para ajudá-la nas tarefas de casa, enquanto cuidava de Nathaniel, já que Eleanor já estava demonstrando os sinais de cansaço que inevitavelmente chegariam com a velhice, mas ela fazia questão de cuidar sozinha de sua própria casa. Sempre que tinha um tempo livre, ia com o filho verificar os animais e se dedicava a passar o óleo na cabeça das ovelhas, para afugentar os insetos que lhes perturbavam. Já eram tantos animais ali, que Oscar teve de ampliar seus espaços e não vencia ir até as cidades vizinhas para vendê-los. Na maior parte das vezes, Elisa acompanhava o marido enquanto admirava lugares que nunca sonhara em conhecer. Desde que a Aldeia dos Vales foi destruída, o único lugar que ela conhecia era a fazenda onde vivia e seus arredores.

Sua liberdade de se refrescar no rio nos dias de calor já não existia mais, portanto, Elisa sempre escapava à noite para ir até lá. Enquanto se lavava, admirava a lua, depois voltava para casa silenciosamente e aninhava-se nos braços do marido. Oscar andava tão exausto pelo aumento de suas responsabilidades, que sequer percebia quando Elisa se retirava cuidadosamente da cama, e acabava apenas por expressar um leve tremor ao sentir sua pele fria encostar-se à dele quando ela retornava sutilmente na calada da noite.

O amor dos dois seguia pleno e a fome que sentiam pelo corpo um do outro havia se tornado ainda mais intensa. Nem sempre aguardavam para ir para a cama, às vezes, enquanto Nathaniel já dormia em sono profundo em seu quartinho, os dois se amavam em qualquer canto que estivessem da casa. Apesar do cansaço de Oscar, quase sempre lhe restava energia para os momentos de intimidade.

Quando enfim chegou o outono, Elisa estava na cozinha, aguardando a água acabar de ferver para preparar um chá enquanto tricotava um casaquinho para o bebê que estava a caminho. Ela sentia profundamente que esperava outro menino. Oscar já havia dado seus retoques no berço, que era o mesmo em que Nathaniel havia dormido, e fizera uma base curvada para as pernas, como as da cadeira de balanço; de modo que pudessem balançá-lo para acalmar o bebê.

Distraída em seus pensamentos, demorou alguns instantes a perceber que Oscar estava parado na entrada da cozinha, olhando para ela, pensativo.

— O que foi, querido? — Perguntou Elisa, apontando para a cadeira ao lado para que se sentasse com ela. Oscar coçou levemente a cabeça e apanhou um copo d'água antes de sentar-se com ela. A expressão estranha no rosto dele a fez sentir um leve desconforto.

— Sabe, estive pensando... — ele disse baixinho, se recostando na cadeira. — Acho que eu deveria expandir os negócios. Durante minha última viagem, pude ver detalhadamente como funciona um moinho. Fico pensando no quanto seria lucrativo se pudéssemos construir nosso próprio moinho. Temos o rio e tenho certeza que dará certo. Poderemos fabricar nossa própria farinha! Pode imaginar isso?

Elisa não sabia explicar o porquê, mas a ideia do moinho não lhe agradava. A fazenda já era muito próspera e a vida tornara-se mais fácil e confortável com tantas pessoas para ajudar a mantê-la. Ela sabia que aquele brilho nos olhos de Oscar, não era somente pelo desejo de criar algo maior, mas mesmo que imperceptível para ele mesmo, tratava-se apenas de mais dinheiro e poder. Continuava sendo um bom homem, mas passara a apreciar a admiração que os outros tinham por ele, e até mesmo a inveja de alguns lhe causava uma sensação agradável. Era a mancha de um pecado que começava a se espalhar. Elisa tinha a mais clara noção de que Oscar não era um homem supersticioso para acreditar nos poderes malignos da inveja, mas sabia que ele gostava de ver estampado no rosto de alguns, o desejo secreto de ser como ele, mesmo sabendo que nunca conseguiriam.

— Não acha que já temos demais? A natureza já vem sendo tão abundante! Você já tem com quem fazer seus negócios — disse Elisa.

Oscar pareceu surpreso com a sua reação. De fato, esperava que Elisa estivesse tão empolgada quanto ele no que dizia respeito ao crescimento da fazenda e ao luxo ao qual o dinheiro proporcionava naquele momento. Mas de qualquer forma, ficou feliz ao ver que ela continuava sendo a mesma pessoa simples de antes.

Mesmo com os temores de Elisa e os conselhos de Arnesto — que apesar de saber que a construção do moinho d'água seria algo muito bom, mas que acabaria por atrair mais desavenças com os fazendeiros das redondezas —, Oscar contratou alguém de fora da cidade para cuidar especificamente da elaboração de cada detalhe do planejamento da construção.

O trabalho na fazenda estava bem dividido. As mulheres cuidavam de uma pequena parte dos animais e colhiam as abundantes frutas do pomar. Parte dos homens cuidavam da preparação da terra para o novo plantio, enquanto outros cuidavam da pastagem e da lenha. Oscar tratava de aumentar os abrigos dos animais, ajudava um pouco nas demais tarefas e, principalmente, estava sempre por perto enquanto o moinho era erguido. Vários homens haviam sido contratados especialmente para a construção do moinho e o assunto já tinha se espalhado pela cidade.

Até mesmo o senhor Norberto Pasquale, que era seu maior cliente e um dos poucos que possuía um moinho naquela região, tratou de enviar a Oscar uma carta que pedia explicações sobre como seus negócios se sucederiam dali para frente, já que assim que o moinho d'água estivesse pronto, Oscar Cullen se tornaria um importante concorrente com suas safras de milho perfeitas e abundantes. Seria demasiado difícil que conseguisse manter seus negócios com um concorrente como ele. Oscar apenas leu a carta e a ignorou. Não achou que devia nenhum tipo de satisfação e, quando julgasse necessário, iria pessoalmente até lá para dizer que os negócios seriam diferentes assim que o moinho estivesse pronto.

TERRA VAZIA

Enquanto Oscar estava resplandecente ao ver o quanto a obra se adiantara em tão pouco tempo, Elisa sentia-se aborrecida por ver que a beirada do rio fedia a urina, e alguns homens que estavam trabalhando na construção do moinho largavam sobras de comida e restos de tabaco. Seu lugar preferido na fazenda, seu santuário particular havia sido maculado, e aquele era de fato o motivo pelo qual Elisa sentia-se mais incomodada ao ver a parede de madeira erguida em frente ao rio. Seu coração estava cada vez mais apertado com aquela situação e da última vez em que esteve lá, ao lado de Oscar, simplesmente teve vontade de chorar de tristeza e prometeu a si mesma que nunca mais voltaria a visitar o rio.

De acordo com o prometido pelo chefe da construção do moinho, senhor Fernandes, tudo estaria pronto perto do início da próxima colheita, e assim que todo o milho fosse colhido, a fazenda Cullen passaria a fabricar sua própria farinha.

Dois dias antes de o moinho ficar pronto, Elisa estava perambulando pela cozinha, alisando a barriga que já estava bem grande, enquanto procurava pelo vidro onde conservava suas camomilas, quando ouviu três batidas na porta. Algo errado estava acontecendo e Elisa pôde sentir com clareza através das batidas despretensiosas e pausadas que de maneira muito rítmica cruzaram a porta. Estava sentindo o forte impulso de direcionar os passos de volta ao quarto para pedir a Oscar que conferisse quem era a uma hora daquelas, mas em vez disso, por uma súbita curiosidade quase hipnotizante, ela caminhou até a porta. Elisa suspirou e perguntou, deixando a voz escapar pela fresta lateral da porta:

— Quem está aí? — uma respiração dificultosa foi ouvida e em seguida, Elisa ouviu a voz rouca de Eleanor que respondeu:

— Sou eu... Preciso falar, Elisa. — Um calafrio inquietante subiu por sua espinha, não somente pela voz estranhamente fatigada de Eleanor, mas pelo fato de que pela primeira vez desde que chegara àquela fazenda, aquela mulher a chamou apenas de Elisa.

Não parecia certo, mas não via motivos para seus sentidos alvoroçados naquele momento. Assim que puxou o casaquinho de lã para cobrir a barriga e segurou o lampião para iluminar as tramelas da porta, Elisa respirou fundo antes de abri-la cuidadosamente, como se ainda não tivesse certeza de que realmente era Eleanor quem estava ali em frente.

Assim que a figura de olhos mortiços e esbranquiçados foi revelada pela luz do lampião, Elisa deu um passo em falso e para conseguir evitar uma queda, acabou derrubando o lampião de sua mão para que conseguisse se segurar na beirada da porta. O vidro se quebrou e as chamas começaram a florescer no chão de madeira da varanda. Elisa tentou gritar, mas estava tão apavorada com o que via à sua frente, que o grito não saía de sua boca. O rosto de Eleanor parecia cadavérico, com sua pele sugada ao redor da boca aberta e os olhos brancos que pareciam tomados pela mais tenebrosa cegueira, mas que Elisa sentia que, na verdade, podiam enxergar por dentro de sua alma. Ela agarrou Elisa pelos pulsos e disse debilmente:

— Elisa, tudo que conhece jamais voltará a ser como antes. Vim apenas para avisar que cuide de Oscar enquanto pode, pois o mal está tentando marcá-lo e uma hora acabará por conseguir. Me perdoem pelo que fiz, só queria o bem de todos.
— Elisa enfim conseguiu gritar ao ver os dedos esqueléticos apertando seus pulsos, e enquanto o fogo se espalhava, Oscar apareceu correndo e teve tempo de ver a figura assombrosa que manifestara no corpo de Eleanor.

Ver aquilo realmente fez com que Oscar, por um instante, sentisse um choque de medo percorrer seu corpo, mas como nunca foi homem de sentir medo ou acreditar nos assombros do sobrenatural e qualquer outra coisa que pudesse alvoroçar o imaginário da mente humana, conseguiu se livrar daquela sensação gélida, e puxou Elisa para dentro da cozinha antes de empurrar Eleanor, na tentativa de afastá-la do fogo que já lhe subia pela roupa.

A pobre mulher rolou escada abaixo produzindo nada além de um som oco enquanto caía. Oscar pegou o balde d'água que ficava perto da pia, para as louças que ficavam de molho, e o virou sobre o fogo. Algumas fracas chamas insistiam em continuar queimando, então, pegou uma toalha de mesa que estava dobrada no armarinho e começou a bater contra as chamas até que finalmente tudo se apagou. Ele olhou para Elisa. Ela estava consternada e trêmula, com o olhar tomado pelo pavor.

— Fique aqui, querida, por favor, fique aqui — ele disse, a amparando para que se sentasse na cadeira. Em seguida, correu para fora, com medo de que Eleanor estivesse morta devido à queda, mas ela estava apenas dormindo, com a respiração tranquila, e sua aparência tinha voltado a ser a mesma de sempre, porém, um filete de sangue encharcava a parte de trás de sua cabeça, e Oscar a ergueu com cuidado do chão antes de levá-la de volta para casa.

Arnesto e os filhos se apavoraram ao receber o corpo desfalecido de Eleanor. Não haviam percebido sua ausência. Quando Oscar contou o que havia acontecido, Arnesto correu para cobrir os espelhos da casa e pendurou terços em cada cômodo e, em especial, entrelaçou um na mão da esposa. Apesar de momentos antes ela ter se tornado uma criatura que muitos julgariam diabólica, Oscar, mesmo sem saber exatamente o que tinha acontecido, não acreditava que alguém como Eleanor pudesse ser possuída por qualquer tipo de entidade maligna. Ele não acreditava nas forças sorrateiras e espíritos amaldiçoados que viviam a vigiar de perto os seres humanos, tal como padre Belamino vivia dizendo.

O dedo ainda fino da mão do menino Lucero pôde confirmar se o corte na cabeça da mãe havia sido fundo ou não e, de fato, o menino constatou que mal podia sentir o rasgo no couro, cujos cabelos já estavam ralos. O sangramento já havia cessado e Oscar permaneceu ali para ajudar até que finalmente enfaixaram a cabeça da mulher e a deixaram descansar iluminada por todas as velas disponíveis na casa enquanto rezavam baixinho.

Assim que voltou para casa, Oscar encontrou Elisa com os dedos das mãos entrelaçados e o rosto coberto de lágrimas. Ele aproximou-se devagar e segurou em suas mãos. Elisa abriu os olhos e olhou para ele de uma forma que Oscar nunca havia visto antes. Alguma coisa mudara naqueles olhos meigos e tão cheios de pureza e não era algo bom. Ela esqueceu seus murmúrios e o apertou forte contra os seios. Ele podia ouvir cada batida angustiada do coração de sua esposa e aquilo o perturbava. Ela sempre demonstrava tanta força, mas depois do nascimento de Nathaniel, conseguia se abater de uma forma impressionante.

— Prometa para mim que não deixará o mal lhe sussurrar nos ouvidos — ela disse, se acalmando aos poucos.

— Do que está falando, Elisa?

— Alguém me disse, através do corpo de Eleanor, que devo protegê-lo do mal. Prometa que vai tomar cuidado com suas atitudes, não importa o que aconteça.

Oscar afastou-se de seu peito e a olhou nos olhos, com toda a sinceridade que um homem poderia ter:

— Você sabe que não sou um homem mau, Elisa, e nunca serei. Não se preocupe com isso. O que aconteceu foi apenas um delírio de Eleanor que já está velha e cansada! Agora vamos voltar para nossa cama? Pode se aninhar no meu peito para se sentir mais segura. Garanto que não há mal algum por aqui...

Dois dias depois, o moinho estava pronto antes do prometido. Os trabalhadores que trabalharam incansáveis em sua construção, haviam sido devidamente pagos com cada centavo prometido e dispensados, e o restante, poderiam descansar por algum tempo antes que retornassem quando chegasse a hora do início da colheita, que segundo o que Oscar analisava, seria dali a três semanas, pelo menos.

Todos foram contemplar a obra pronta e tomaram-se por um forte sentimento de admiração, inclusive Elisa, ao ver o quanto estava bonito e bem feito. Porém, o sentimento de alegria parecia superficial devido ao estado em que Eleanor se encontrava. Ela era a única que não pôde visitar o moinho, e depois de Oscar, era quem mais se encantava com a ideia de como funcionaria. Ele a levara para visitar enquanto estava sendo construído, e fez questão que o chefe da construção lhe explicasse exatamente como funcionaria o mecanismo que transformaria todos os grãos, em uma fina e macia farinha. Na cabeça dela, imaginar tudo trabalhando causava grande entusiasmo e divertimento. Mas naquele momento, ela sequer podia se levantar da cama e seus olhos não podiam ver a claridade do dia sem que ela entoasse gritos histéricos, como se as vistas estivessem sendo queimadas.

O médico da cidade foi trazido por Oscar para que explicasse que mal a havia acometido, mas diante do que seus olhos viram, o homem se espantou de uma forma que foi sincero ao declarar a morte dela em poucos dias. Temia até mesmo que fosse algo contagioso, pelas manchas enegrecidas e circulares que se espalharam pela pele de Eleanor. Seus estados febris a levavam a constantes episódios delirantes, a ponto de ela precisar ser amarrada à própria cama para que não machucasse a si mesma ou a outra pessoa.

A cada delírio que tinha, dizia que grandes abutres lhe arrancavam pedaços da carne com suas bicadas profundas e doloridas. Por mais que tentassem acalmá-la e chamar sua atenção para a realidade em que se encontrava, Eleanor não parecia ouvir a voz de mais ninguém, e desta forma, após três noites de sofrimento, em uma ensolarada manhã de sexta-feira, o menino Lucero percebeu que a mãe não respirava mais. Suas últimas palavras em vida, foram apenas para dizer que aquelas terras estavam, na verdade, amaldiçoadas.

Ela havia morrido com uma expressão de grande sofrimento em seu rosto, e por isso, Arnesto recomendou a Oscar que fizesse o que fosse necessário, mas que não permitisse de forma alguma que Elisa a visse, ou poderia passar muito mal, e com o avançado da gravidez, poderia ter complicações durante o nascimento da criança.

Faltando pouco mais de uma semana para o início da colheita, Arnesto e os filhos foram visitar alguns parentes na cidade vizinha, a fim de que pudessem espairecer um pouco. Especialmente Lucero, que ainda era muito novo e estava muito assustado por ver o corpo de sua mãe sem vida;

principalmente por saber que ela estaria repousando para todo o sempre debaixo da terra, sendo lentamente devorada por ninhadas de vermes e insetos famintos por carne podre. Era algo que ele não conseguia compreender muito bem, e desde que perdera a mãe, tinha constantes pesadelos que nem mesmo a parteira com suas rezas e simpatias ou padre Belamino com suas histórias sobre o paraíso, conseguiam afugentar.

Diante daquela situação, Elisa decidiu fazer um preparado de ervas para o menino. Recomendou a Ana que desse ao irmão apenas duas colheres do preparado antes de se deitar e que permanecesse com ele até que o pequeno pegasse no sono. Ela ficou feliz ao saber que suas ervas serviram para ajudá-lo e os pesadelos do menino, enfim, cessaram.

À tardinha do sábado, Oscar levou Elisa para dar um passeio. Primeiro, foram à casa de Joanna, para beber o apetitoso suco de limão que só ela sabia preparar de forma que não ficasse tão azedo, e aproveitaram para conversar sobre as travessuras que Oscar costumava fazer quando pequeno. Também, conversaram sobre seus pais e o quanto eram pessoas cultas e diferentes de quaisquer outros que ela tivesse conhecido por ali. Enquanto isso, Elisa se divertia ao ver a curiosidade do pequeno Nathaniel ao examinar cada enfeite espalhado pela casa de Joanna, como se fosse um especialista.

Após muita insistência da velha tia Joanna, concordaram em deixar o filho sob seus cuidados, e em seguida, partiram para a cidade, onde haviam sido convidados para um jantar em homenagem ao padre Belamino, na casa da família Wagner. Já se faziam muitos anos desde que o padre chegara naquela cidade, com sua pequena mala de itens essenciais a um sacerdote cristão, e acabou por ser bem acolhido pelos moradores que sentiam falta de alguém que pudesse lhes ajudar a manter sua religião. Por esse motivo, a capela onde agora toda a cidade frequentava — alguns, apenas pela curiosidade de ouvir certos relatos da bíblia que o padre vivia a repassar —, havia sido edificada tão rapidamente. Era um lugar simples, porém, a verdadeira casa de Deus, como o padre costumava afirmar.

Enquanto seguia seu percurso a caminho da casa da família Wagner, passando pelo centro da cidade, Oscar parou o automóvel ao ver a caravana que vinha da outra ponta da rua. Nunca havia visto nada como aquilo antes, assim como todos os curiosos que saíram de seus estabelecimentos e residências para ver aquelas estranhas pessoas passarem em seu discreto cortejo.

Dois cavalos fortes puxavam a caravana enquanto várias mulheres seguiam a pé ao seu redor. Cada uma caminhava devidamente posicionada à frente umas das outras. Elisa sentiu certo medo ao observá-las. Nunca havia visto qualquer mulher com tais vestimentas. Eram mulheres altas, de longos cabelos castanhos e ondulados que desciam até abaixo dos quadris; usavam vestidos cujas barras se arrastavam por sobre os blocos de pedra que formavam a rua, mas deixavam à mostra parte da barriga.

Seus rostos eram cobertos por véus em tom roxo, como as pétalas da violeta, com exceção da senhora que ia à frente, guiando todas as outras. Era a única que tinha estatura mais baixa e não usava véu algum. Sua roupa era preta como as penas de um corvo e não deixava parte alguma do corpo à mostra; era como se fosse um tipo de túnica. Os cabelos eram grisalhos e estavam presos em um coque no topo da cabeça.

Oscar permaneceu com o veículo parado, tão estupefato quanto Elisa, ao ver aquele cortejo de mulheres estranhas passando por ali. Elas se aproximavam lentamente no mais absoluto silêncio.

Quando a velha senhora, que guiava todas as outras, passou ao lado de Elisa, parou por um instante e olhou em sua direção. Elisa sentiu o coração pular dentro do peito e cada pelo de seu corpo se eriçou de pavor ao ver que a velha tinha os olhos brancos como os de Eleanor antes de morrer. Com a diferença de que aqueles olhos nunca pareceram ter enxergado luz em qualquer dia da vida. A velha olhava para Elisa como se pudesse enxergá-la por dentro e, de repente, ela estendeu a mão em sua direção.

Como se fosse puxada por mãos invisíveis, Elisa saiu do automóvel e caminhou até a velha. Aquela mulher cheirava a túmulo fresco e flores de alfazema. Sua mão era fria como a de um defunto e a pele, como de uma moça, sem uma ruga sequer. Já seu rosto, parecia ser formado por uma casca seca, repleto de rugas, e a impressão que se dava ao olhar, era de que se desmancharia se fosse tocado.

Sem saber o que fazer e sem conseguir enxergar nada à sua volta, Elisa sentiu uma das mãos da mulher puxar suavemente seu rosto para que se inclinasse, e então, ela começou a sussurrar em seu ouvido. As mãos de Elisa começaram a tremer e um choro amargo explodiu de seu peito, de forma que ela soluçava tal como uma criança. A mulher beijou-lhe a testa com sua boca fria e seguiu seu caminho como se nada tivesse acontecido.

Oscar observou a cena sem conseguir ter qualquer reação. Sabia que algo sobrenatural tinha acabado de acontecer, mas era tão cético para acreditar, e estava tão confuso, que simplesmente deixou-se tomar por uma raiva desmedida e saltou do automóvel antes de agarrar Elisa pelos braços e sacudi-la. Ela limitou-se a erguer os olhos para ele e encontrou-o tão assustado quanto ela mesma.

Ao vê-la fragilizada como estava, Oscar amoleceu, e sua expressão rude transformou-se em um semblante pesaroso. Pela primeira vez em sua vida, experimentou o que era sentir o verdadeiro medo, não do oculto e seus mistérios, mas de que algum dia, Deus ou outros seres de compreensão além da humana, pudessem tirar a vida de sua preciosa mulher. Oscar percebeu que sua ligação com Elisa ia muito além do marido para com a esposa, do macho para com a fêmea; era algo que os conectava do fundo da alma e foi assim que ele pressentiu que se algum dia um dos dois morresse, a ligação que possuíam se romperia e a vida deixaria de existir em cada canto em que seus pés tivessem pisado.

— Vamos voltar para casa, está bem? Precisa descansar — ele disse, mas Elisa enxugou as lágrimas do rosto, respirou fundo e abriu um singelo sorriso antes de sugerir:

— É melhor irmos ao jantar. Será bom poder me distrair um pouco ouvindo a conversa alheia. Se retornarmos para casa agora, ficarei pensando bobagens.

Oscar não pôde conter o espanto ao ver como Elisa havia se recuperado rápido de seu estado emocional. Ao invés de vê-la rezando de mãos dadas, com medo de que fizessem qualquer outra coisa que não fosse parte da rotina, ela parecia segura de si e no controle da situação. Mais aliviado, ele a ajudou a entrar de volta no automóvel e a beijou antes que finalmente pudessem partir para o jantar.

Bernhard e Francesca Wagner formavam um casal ímpar naquela cidade. Os dois eram muito altos e, estranhamente, a mulher conseguia ser ainda maior que o marido. Também era corpulenta, de modo que nem os espartilhos que lhe apertavam a cintura conseguiam disfarçar seu evidente sobrepeso. Quanto ao marido, era magro e comprido como um tronco seco de árvore, tinha poucos tufos de cabelo dourado na cabeça e mantinha um grosso bigode alaranjado.

Assim como muitos naquela cidade, o casal descendia de outros povos que vieram de longe e ajudaram aquele lugar, no meio do nada, a ganhar vida e se ramificar para outras regiões. Comércios passaram a se estabelecer e a vida como era antigamente, apenas cercada por mato e estradas de terra, com meia dúzia de caipiras assustados, passou a conviver com uma nova realidade onde nem todos falavam a mesma língua e sequer tinham os mesmos costumes. Mas tudo ganhou harmonia com o passar do tempo.

Oscar, certa vez, disse à Elisa, que seu pai havia lhe contado que Bernhard Wagner não conseguia arranjar uma noiva, pois as pessoas não conseguiam entender o que ele falava; isso graças a um problema que ele tinha em sua boca e que o impedia de falar de forma compreensível. O problema só seria corrigido anos mais tarde, por um médico do exterior, muito antes que ele assumisse os negócios do pai.

Devido à pressa em casar seu filho, que era dispensado por todas as famílias, o patriarca da família Wagner decidiu que o filho deveria raptar uma moça. Quando souberam que mais um Vapor estava chegando da Europa, assim o fizeram, segundo palavras confessadas a Alexander Cullen pelo próprio Bernhard, quando este já podia falar o mais perto possível da perfeição. Pai e filho então esperaram. Francesca foi a primeira a desembarcar. Enquanto os outros estavam sem saber o que fazer, totalmente confusos e assustados com o que lhes aguardava naquele lugar, Bernhard correu como um desvairado para cima de Francesca, a jogou no ombro e fugiu dali com ela.

O curioso era que mesmo após tantos anos de casada e com sete filhos junto de seu marido, Francesca compreendia, mas recusava-se a falar a língua dos alemães; passou a falar apenas o idioma local e despejava para lá e para cá seu contagiante italiano. Elisa, inclusive, adotara para si algumas palavras, como: "bambino", quando conversava com o filho, "bacio", quando queria fazer charme a Oscar e "mamma", quando pedia a Nathaniel que corresse até ela.

Sem dúvida, o jantar fizera muito bem a Elisa, que já conseguia desviar os pensamentos ruins que ousavam incomodá-la quando se lembrava do que a velha havia dito. Enquanto se divertia com a conversa animada que se estendia do lado das mulheres, ela jurava a si mesma, em pensamento, que nunca contaria a Oscar a amarga previsão que a mulher havia feito. E era dessa forma que lidaria com as coisas; seria o mais lúcida possível e se obrigaria a sair um pouco do seu mundo de ilusões e passaria a olhar desconfiada para tudo que observasse, na esperança de avistar o mal antes que esse pudesse acabar com sua família.

—Ma è un altro ragazzo che hai qui! — disse Francesca, colocando ambas as mãos sobre a barriga de Elisa. O bebê agitou-se ao sentir a energia que vinha daquelas mãos e Elisa sorriu alegremente ao senti-lo empurrar os pezinhos na tentativa de um contato.

— Sim, sinto mesmo que é outro menino — concordou Elisa, sentindo as bochechas corarem pela timidez que sentia ao ficar diante de tamanha espontaneidade que emanava daquela senhora italiana, cujo riso era tão vívido, que se podia ouvir do outro lado da rua.

Após um longo desfile de criadas minuciosamente organizadas em seus uniformes de linho pregueado, com suas baixelas transbordando comida e servindo aos convidados com grande destreza e rapidez; após as horas de conversa em que a cada momento podia ouvir-se um pouco de tudo e quando todos já sentiam o cansaço pesar nos ombros, finalmente receberam a benção de padre Belamino, agradeceram o convite aos anfitriões e cada família tomou seu rumo.

Naquela noite, Elisa permaneceu um pouco mais de tempo com Nathaniel no colo. Olhava para ele com o mais transbordante sentimento que vinha do fundo de seu peito, pensando se aquilo não seria algo até mais forte que o próprio amor; era como sentir os mais profundos instintos enquanto observava sua cria. Dava vontade de aninhá-lo dentro de si para que o mal nunca pudesse lhe pôr os dedos sujos de desgraça.

Os cabelos do menino estavam da mesma cor que os de Oscar. Suas bochechas redondas estavam coradas pelo calor do corpo da mãe e ao perceber o quanto o filho já havia crescido e tão de pressa, Elisa deu-se conta, examinando cada traço perfeito de seu rosto coberto por graça, que de fato era como se estivesse segurando em seus braços uma miniatura do próprio marido. Claramente, ao ver o filho e comparar seus traços com os do pai, sabia que o menino se tornaria um homem muito parecido com ele. Inclusive no que dizia respeito ao físico, já que Nathaniel tinha as costas mais largas e os ombros mais fortes que qualquer outro menino de mesma idade que ela tivesse visto.

Quando foi se deitar junto de seu marido, Elisa o encontrou pensativo, cutucando o próprio queixo, como se estivesse com a mente em qualquer outro lugar que não aquele.

Naquela noite, decidiu que dormiria nua. Livrou-se da camisola e deixou que os olhos distraídos de Oscar se voltassem para a sua bela figura iluminada pelas luzes das velas. Se pudesse, naquele momento, imploraria que a colocasse na cama e a beijasse por todos os pontos de seu corpo antes que pudessem fazer amor vigorosamente, mas com os desconfortos provocados pelo tamanho de sua barriga, aquilo já não era mais possível e Elisa contentou-se em deitar ao lado do marido enquanto ele sentia os sutis movimentos do bebê.

Estava tudo tão calmo, que Oscar despertou com os risos de Elisa. Quando perguntou qual o motivo de tanta graça, espantou-se, porque ela estava rindo de padre Belamino e seu interminável sermão sobre o pecado da fornicação em plena mesa do jantar. Elisa confessou o quanto precisou viajar a mente para que não tivesse um ataque de risos diante dos convidados. Oscar teve de concordar que, de fato, havia sido uma situação engraçada e constrangedora para todos os presentes, pois pelo olhar baixo e desconfortável de todos, não havia uma só pessoa ali que talvez não tivesse cometido tal pecado.

Elisa não entendia as razões para que fosse pecado. As formas de castigo que os fornicadores sofreriam no inferno, segundo o que o padre falava, pareciam horríveis demais para pessoas que simplesmente decidiram se entregar à paixão antes que desse tempo de se casarem, como mandava os costumes e a igreja. Oscar tentara explicar que, por mais que também não achasse que merecia passar com Elisa os castigos infernais por terem feito amor antes do casamento, algumas moças tinham suas vidas desgraçadas pelos homens a quem elas confiavam a virgindade antes de subir ao altar. Explicou que alguns homens prometiam casamento e, depois de conseguir levar suas pretendes para a cama, as abandonavam, e todos descobriam que a garota já não era mais virgem; e dificilmente alguém se casaria com uma mulher que já havia estado nos braços de outro homem. Por sua vez, Elisa questionou: se tanto era pecado pela lei de Deus, quanto era uma grave mancha na honra de uma mulher perante a sociedade, por que os homens podiam viver em prostíbulos se deitando com prostitutas, tanto antes quanto durante o casamento? Oscar ficou sem respostas, e concordou com Elisa, mas limitou-se a dizer que também era pecado para os homens, mas que a sociedade infelizmente aceitava aquilo como natural.

Na manhã seguinte, Elisa estava ainda sonolenta na cozinha, começando os preparativos do almoço, quando ouviu de longe os rugidos de Oscar. Seu corpo estremeceu. A caçarola onde a carne estava sendo preparada, voou de cima da chapa de ferro do fogão à lenha, e logo os rugidos endiabrados ficaram cada vez mais altos. Então, Oscar apareceu transtornado pela varanda, e deu um chute tão forte na cadeira de balanço, que Elisa pôde ouvir o estrondo de quando ela se estatelou no chão.

Não era possível medir o quanto estava com medo. Nunca havia visto o marido daquele jeito e ele olhava tão enfurecido que parecia que nem sequer podia enxergá-la. Quando Oscar cruzou o beiral da cozinha, Elisa, em um gesto automático de quem estava profundamente assustada, curvou-se sobre a barriga e juntou os braços em frente ao rosto, esperando que em menos de um segundo pudesse sentir uma pancada violenta, mas em vez disso, Oscar esbravejou:

— O que pensa que está fazendo? Não vou bater em você! Está louca?

— Por Deus! O que foi que aconteceu com você? Por que está fazendo isso? — questionou Elisa, mostrando a ele uma incrível palidez no rosto.

— Aqueles malditos! Aqueles malditos! Mas eu vou matar um por um daqueles miseráveis! Não sobrará um sequer depois que eu encher a carcaça imunda deles de tiros e em seguida colocarei fogo para que queimem aos poucos!

Oscar atirou por cada canto da casa tudo o que via pela frente, e assim que não restou mais nada que pudesse arremessar nas paredes, começou a esmurrá-las de forma tão violenta que era possível sentir a madeira estremecer. Nathaniel gritava e chorava desesperado, com medo do pai, e Elisa o pegou no colo desajeitadamente e o levou para fora enquanto sentia o outro filho, igualmente assustado, esperneando dentro dela. Era tanto horror presenciar aquela cena, que Elisa realmente temeu que o marido tivesse perdido o juízo e acabaria por matar todos a pauladas até finalmente extravasar por completo a sua fúria.

Sequer podia chorar. Estava tão transtornada, que se transformou numa boneca de cera, completamente desbotada. Sentia o forte tremor das mãos e o coração que parecia que saltaria para fora do peito enquanto angustiava-se ainda mais com o choro copioso do filho, que já não gritava tanto.

Logo ouviu-se apenas silêncio, depois de infinitos minutos de urros, pancadas e juras de morte, até que Oscar apareceu na varanda. Estava com os cabelos totalmente desgrenhados, a pele coberta de suor a ponto de transpassar a camisa e sangue cobria as costas de suas mãos que seguravam a espingarda. Um revólver também estava atrelado ao cinto, ao redor da cintura. Imediatamente, Elisa largou Nathaniel no chão e correu até o marido como uma pata choca, enquanto segurava a própria barriga.

— Aonde vai? Por favor, me diga o que pretende fazer com estas coisas? — ela gritou, ouvindo o choque na própria voz que nunca se erguera antes para quem quer que fosse.

— Vou até a maldita fazenda de Henrico González. Vou fazer com que ele saia pela porta e então lhe darei um tiro bem no meio da cara. Em seguida, vou matar aqueles miseráveis bastardos que um dia saíram do saco daquele verme! É isso que farei!

Elisa lembrou-se das palavras de Eleanor e das coisas que a velha misteriosa lhe disse e se agarrou às pernas do marido.

— Por favor, não faça isso! Por tudo que é mais sagrado! Por mim e por seus filhos, não faça isso! Estou implorando, por favor!

— Como pode me pedir tal coisa? Que tipo de homem pensa que eu sou? Pois eu digo que não sou nenhum castrado, Elisa Cullen, e não é você que me transformará em um! — Oscar deixou escapar um soluço de dor e prosseguiu: — Aqueles malditos destruíram nosso moinho! Está tudo destruído! Está tudo arruinado! Todo o dinheiro e trabalho empenhados simplesmente destroçados até a última viga! Os carneirinhos recém-paridos foram todos degolados e jogados perto do rio. Está vendo porque matá-los é a única forma de resolver isso? Que tipo de gente faz uma coisa dessas! Me diga!

Oscar contou, com a mais profunda emoção que um homem poderia expressar, a ponto que Elisa pôde imaginar os pequenos animaizinhos ensanguentados com suas cabeças quase arrancadas do tronco e conseguia montar com clareza a construção desfeita da forma mais selvagem possível.

Oscar ajudou Elisa a se pôr em pé e a abraçou forte, pondo a espingarda de lado, em seguida deixou que ela o visse chorar enquanto soluçava de ódio.

— Eu sinto muito, querido, sinto muitíssimo, e por mais horrível que isso seja, não posso permitir que vá até lá. Se for, vai começar uma guerra que não terá fim e acabaremos todos mortos!

— E se eu não for, vão ter certeza de que poderão voltar aqui e fazer o que bem entenderem. Não posso deixar acontecer uma próxima vez. Não posso...

— Se for, estará pondo a todos nós em desgraça. Então escolha entre ter sua vingança e continuar com sua família.

Após se deixar acalmar, Oscar desistiu de matar toda a família González. Ao menos, por aquele momento em que Elisa gemia invadida pelas dores do parto que se antecipava. Estavam sozinhos ali e Oscar obrigou-se a deixá-la desacompanhada para que pudesse partir com Nathaniel atrás da parteira. Mas antes, parou na casa de Joanna e implorou que fosse depressa até a fazenda para ajudar a cuidar de Elisa enquanto ele não voltasse. Seu coração se apertava com medo de que algum maldito pudesse ter ficado escondido nos arredores da fazenda e invadisse a casa para fazer algum mal a ela. Só de imaginar tal possibilidade, suas mãos pareciam que acabariam por partir o duro volante do veículo.

Oscar dirigiu na máxima velocidade que aquela coisa permitia. Sentiu o automóvel chacoalhar aos solavancos enquanto passava pela estrada irregular e cheia de pedregulhos que levava ao campo onde ficava a casa da parteira. Porém, na metade do trajeto até lá, encontrou Constanza, que vinha caminhando tranquila apoiando a sacola de pano na cabeça. Ela já sabia o que estava acontecendo e sabia também que Oscar já estava a caminho; por isso, decidiu se antecipar para que ele não precisasse chegar até sua casa e assim poupariam tempo para que tudo ficasse bem.

Elisa ouviu o trotar do cavalo que vinha veloz e logo reconheceu a suavidade da voz de Joanna, então, conseguiu sentir um leve manto de paz sobre si, enquanto sentia as contrações que ficavam cada vez mais fortes. Cansada, estava sobre a cama, ofegante e pálida como uma peça de marfim. Tinha um medo terrível de que não conseguisse parir seu filho, pois ao mesmo tempo em que a dor reavivava cada fibra do seu ser, a esgotava ainda mais do que estava quando se assustou com os ímpetos de fúria do marido.

Quando a parteira chegou, Joanna já havia preparado tudo e as dores de Elisa intensificavam-se cada vez mais.

Constanza disse a Oscar apenas uma coisa antes de entrar no quarto:

— Reze, meu filho. Sei que não acredita em tais coisas, mas a sua prece será fundamental para que a menina não pereça e estas crianças possam vir ao mundo. Hoje a lua estará negra no céu e as coisas não serão tão fáceis como da última vez.

Só depois que Constanza entrou no quarto que Oscar concentrou-se no que ela havia dito sobre "estas crianças". Talvez ela estivesse se referindo a Nathaniel, ele pensou, mas viu que não fazia sentido e que na verdade o que ela quis dizer foi que Elisa estava prestes a dar à luz a dois bebês. Oscar sentiu o corpo minguar. Seria realmente possível que ela estivesse carregando duas crianças no ventre aquele tempo todo? Por mais estranho que parecesse, fazia sentido por conta do tamanho da barriga que Elisa exibia. Oscar então acendeu velas, e enquanto ninava o filho no colo, pela primeira vez em sua vida, rezou com fé.

O pequeno Nathaniel se agitava em seu sono quando os berros de sua mãe lhe penetravam os ouvidos, então, Oscar cobria suas orelhinhas com as grossas palmas de suas mãos para que o menino continuasse a dormir.

Elisa já estava delirando de tanto cansaço. Sua mente estava desconectada do que acontecia ali e apenas os impulsos do próprio corpo continuavam a tentar fazê-la parir. Naqueles momentos de delírio, viu-se rodeada pelos espíritos dos mortos e só então descobriu que sua irmã, Elsa, estava morta. Nunca mais tornara a vê-la desde que também havia sido vendida por seu pai. Elisa sentiu pena ao ver seu olhar triste, de quem provavelmente havia partido de forma cruel.

Quando o primeiro cantar do galo ecoou, Oscar ouviu o choro pausado do bebê que finalmente acabara de nascer. Angustiou-se porque ninguém saía pela porta para anunciar que estava tudo bem. Ele então levou Nathaniel até seu quartinho e deixou que o menino continuasse a dormir lá.

Cauteloso, caminhou até o quarto onde Elisa estava e deu duas batidas na porta. Um silêncio absoluto se fez por um breve momento até que ele ouviu nada além de um gemido alto de Elisa, seguido de um choro estridente.

Finalmente, Joanna saiu pela porta com suas bochechas vermelhas como pimentões e os olhos marejados, enquanto segurava o pequeno ser de cabelos fartos, como os de Nathaniel quando nascera. Estava enrolado em uma manta fresca.

— Este é o seu segundo filho. Um menino. Quer conhecer o terceiro? — ela perguntou emocionada.

Ele entrou no quarto e viu a parteira enrolando outro bebê na manta. Era um pouco menor do que o menino que ele segurava nos braços, mas tinha os mesmos vastos cabelos. Elisa estava desacordada, e quando ele a viu, sentiu um profundo choque no peito ao pensar que ela estava morta, devido ao seu semblante esvaído e a quantidade de sangue que se espalhara pelos lençóis. Parecia mais um espantalho do que uma mulher. Ele sentiu seus braços tremerem e devolveu o bebê para que Joanna o segurasse.

Oscar ajoelhou-se diante de Elisa e limpou sua testa suada com um paninho que ela apertava entre as mãos. Estava consternado ao vê-la daquele jeito e sentia culpa por seu parto difícil.

— Não se preocupe, meu filho, ela está bem. Está exausta e provavelmente não acordará antes do novo amanhecer do dia. Esta menina é forte como você nem pode imaginar.

— Sim, eu posso. — Ele respondeu. Constanza enrolou o outro bebê na manta e lhe deu para que segurasse, antes de dizer:

— São dois meninos. Igualmente fortes.

TERRA VAZIA

PARTE IV
A PESTE

Treze anos haviam-se passado desde o difícil parto dos gêmeos, que receberam os nomes de Alexander e Augustus, respectivamente; como forma de homenagear o pai e o avô de Oscar. Toda a vez que a família saía reunida para um passeio, atraía os olhares curiosos de quem não conseguia encontrar diferenças nos dois meninos que tinham a aparência exata um do outro.

O povo continuava tão ignorante com suas lendas, que achavam que uma mulher só conseguiria conceber duas crianças de uma só vez, ainda mais, idênticas, por intermédio de algum tipo de feitiçaria; justamente por isso, acreditavam que aqueles meninos eram amaldiçoados por natureza. Padre Belamino chegara a tomar um sermão inteiro, após o nascimento dos gêmeos, na tentativa vã de tirar-lhes da cabeça tais ideias estapafúrdias e condenatórias. Explicou-lhes que de onde vinha, conhecera pelo menos duas mulheres que deram à luz a dois bebês de uma só vez. Ainda fez questão de contar que, em um dos casos, nascera um menino e uma menina; arrancando gemidos de espanto dos presentes. Mas de nada adiantaram as explicações do padre e os mesmos que sorriam diante da família Cullen, em sua maioria, teciam os mais maldosos comentários sobre a forma como viviam.

Apesar de saber que seus filhos eram fruto apenas de seu mais puro sentimento pelo homem que amava, e que Oscar era realmente um homem — e não a criatura que a meia-noite se transformaria em um ser peludo, com cascos e chifres na cabeça, como alguns imbecis já haviam dito aos sussurros em suas rodas de fofoca sobre a vida alheia —, Elisa estranhava o fato de que Nathaniel, dois anos mais velho, tinha praticamente a mesma semelhança física que os irmãos que eram idênticos. Como se os três tivessem vindo da mesma fornada, e Elisa, assim como Oscar, diferenciavam-nos basicamente pela altura.

Nathaniel era tão alto aos quinze anos, que estava prestes a ultrapassar o pai no tamanho, e era também muito forte. Gostava de passar os dias aprendendo e observando detalhadamente como as coisas eram feitas na fazenda, para que quando chegasse sua vez de cuidá-la, soubesse exatamente como fazer para que tudo continuasse nos eixos. Tinha verdadeira admiração pelo pai e por tudo que ele fazia. Nathaniel, inclusive, era quem vivia incentivando as ideias de Oscar, sempre pronto a apoiar o pai em qualquer coisa que ele estivesse planejando. Definitivamente, eram bons amigos. Tanto que foi para Oscar que Nathaniel confessou estar apaixonado pela filha mais nova do senhor Carmino, um italiano grosseiro que parecia querer manter a virgindade da filha a sete chaves, tanto que desejava mandá-la para um convento. Oscar chegou a acompanhar o filho até a casa do velho, na tentativa de que permitisse que Carina conhecesse Nathaniel, e se fosse da vontade dela, que se casasse com ele, porém, o velho tratou de escorraçar os dois para fora de sua fazenda.

De qualquer maneira, Elisa obrigou Nathaniel a voltar à casa do velho Carmino e pedir formalmente a mão da moça em casamento, quando soube que além do filho estar apaixonado pela garota, os dois andavam se encontrando pelos capins nos arredores da estrada. Elisa temia que a garota aparecesse grávida antes do casamento e em decorrência disso, o velho quisesse matar Nathaniel e sumir com a própria filha. Felizmente, graças a conversa que Elisa tivera com a mãe de Carina, o velho finalmente foi convencido de que era melhor deixar que os dois se casassem.

Nathaniel trabalhava duro e guardava cada centavo para o dia em que finalmente pudesse se casar com Carina. Esperava que dentro de dois anos já estivessem casados, mas Elisa sempre lembrava o filho de ter cautela, para que tudo desse certo, pois o senhor Carmino estava cada vez mais desconfiado de que a filha estava escapando noite afora para se encontrar com ele.

Já os gêmeos, eram idênticos na aparência, mas totalmente opostos no comportamento. Alexander, que nascera primeiro, era calmo e conversava com a maturidade de um adulto, e ao invés de se dedicar aos aprendizados dos negócios da família, gostava de ler e passava boa parte do dia se dedicando a leitura de estudos bíblicos; incentivado grandemente por padre Belamino. Elisa não gostava muito da ideia e já havia deixado claro que não seria da sua mais absoluta felicidade que o filho se tornasse padre. Para ela, era inconcebível que um homem passasse o resto dos seus dias solitário e sem poder constituir sua própria família. "Celibato é uma coisa absurda! O ser humano nasceu com desejos que não devem ser ignorados", "Uma hora estará pegando fogo por dentro das calças e saberá do que estou falando", ela dizia ao filho, mas sabia que de nada adiantaria falar e prometeu a si mesma que deixaria que ele fosse livre para fazer as próprias escolhas.

Já Augustus, era bruto de uma forma que espantava até mesmo Oscar. Sempre sentia uma fome exagerada e apesar de ainda ser um garoto franzino, tinha uma força física descomunal, mesmo por isso, Oscar lhe permitia que cortasse a lenha, pois realizava tal tarefa com tamanha facilidade e rapidez, que mal chegava a se cansar. Elisa realmente se assustava com ele, pois tinha medo de que um dia o filho se transformasse em uma criatura animalesca, pois nada naquela fazenda e naquela família seguia exatamente uma ordem comum da natureza, e com o passar dos anos, aquilo se tornara muito claro para todos ali. De qualquer forma, mesmo que um dia o filho viesse a se transformar em uma criatura meio-homem, meio-animal, sabia que ao menos ele tinha um bom coração.

Logo depois que os gêmeos completaram oito anos de vida, Arnesto, que reclamava da vida solitária sem Eleanor, adoeceu e em poucas semanas deu seu último suspiro. O único médico na cidade havia acabado de viajar para visitar a família e quando Oscar decidiu que iria trazer outro médico de uma cidade vizinha, Arnesto recusou com veemência, dizendo que sua vida tinha de seguir seu curso natural e que enfim chegara sua hora de partir. Todos se aborreceram, mas respeitaram sua decisão, e em uma manhã de quarta-feira, encontraram-no morto. Alexander e Augustus foram os que mais sofreram com sua partida, pois passavam muito tempo com ele, ouvindo suas histórias e aprendendo coisas que Oscar não seria capaz de ensinar. Eles o tinham como um avô e o adoravam. Arnesto, por sua vez, demonstrava sua reciprocidade quando não conseguia se irritar com as traquinagens dos meninos.

Ana já havia passado da idade de se casar, e após a morte de seu pai, decidiu que se casaria e partiria dali para longe com um dos rapazes que Oscar havia contratado para trabalhar na colheita. Ela também queria se afastar de seu irmão, Lucero, para que ele saísse das barras de suas saias. Elisa sabia que, na verdade, sua decisão em partir com o rapaz para longe, devia-se ao fato de que ela já estava grávida e não queria que o povo linguarudo começasse a falar sobre ela. Elisa viu, certo dia, quando Ana seguiu o rapaz pelo meio das árvores nos arredores do rio, e soube na hora o que ela estava indo fazer lá. Arnesto ainda estava vivo e ficaria furioso se soubesse que sua filha já não era mais virgem e andava pelos matos se deitando com um homem que sequer lhe pediu a mão da filha em casamento.

Após a decisão de Ana, Elisa e Oscar conversaram e decidiram que o certo era que Lucero continuasse ali com eles. Quando o chamaram para conversar, explicaram que a casa onde ele havia crescido, pertenceria dali em diante apenas a ele e que nunca ninguém o tiraria dali. Poderia seguir os passos de seu irmão, Daniel, e continuar trabalhando na fazenda. Porém, apesar de agradecido pela consideração que lhe era exposta,

Lucero disse que partiria para viver com um tio na cidade vizinha, onde soube que um médico estava à procura de algum rapaz a quem pudesse treinar para que se tornasse seu ajudante. Dias depois, o jovem Lucero seguiu seu curso.

Após a destruição do moinho, apesar do ódio que ainda sentia tanto tempo depois, Oscar desistira da ideia de reerguê-lo, graças às súplicas de Elisa. As coisas então se seguiram como se o moinho nunca tivesse existido; não fosse pelo assoalho de pedras brutas que continuavam intactas à beira do rio. Nathaniel volta e meia tentava convencer o pai de que ele devia dar uma lição em Henrico González e retomar as obras do moinho, mas Oscar nunca quebraria uma promessa feita à Elisa, e por mais que receber o apoio do filho mais velho lhe contagiasse as ideias, ele simplesmente desconversava e guardava para si a revolta que sentia ao lembrar-se do ocorrido. Porém, uma condição havia sido imposta à Elisa e era de que nunca mais ela tentasse lhe consolar sobre aquele assunto, por isso, ele evitava que aquela lembrança o perturbasse e fosse trazida à tona por qualquer pessoa.

Os animais continuaram a se reproduzir além do normal, aumentando cada vez mais os lucros para a família Cullen, que já não tinha mais o que fazer com tantos bichos se não comê-los e vender a maioria.

Bernhard Wagner orientou os filhos para os negócios e esses sempre foram os maiores compradores dos animais da fazenda Cullen. Graças aos prósperos negócios entre ambos, logo nasceu a Fábrica de Defumados Wagner. Além dos grandes lucros recebidos pelas vendas dos animais, Oscar passou a ganhar uma pequena parte dos defumados em troca de que a família Wagner fosse compradora exclusiva de grande parte dos rebanhos.

Comerciantes vinham de longe para comprar a lã das ovelhas e era a única espécie que Oscar fazia questão de não vender sequer um carneirinho. O espaço delas havia sido aumentado incrivelmente na fazenda, e o maior trabalho que havia por ali, era sem dúvida na colheita do milho e na hora de tosquiar as centenas de ovelhas. Sempre eram as épocas em que começava uma grande movimentação de trabalhadores que chegavam para ajudar naquelas cansativas tarefas, onde os homens mal percebiam o nascer do sol e o cair da noite.

Ao menos, Oscar havia conseguido a grande satisfação de comprar uma geringonça movida a gasolina que diminuía o trabalho com o milharal pela metade. Agora não precisavam gastar horas intermináveis arando a terra e plantando as sementes manualmente, a máquina fazia isso, porém, a colheita continuava a ser manual, pois ainda não existia máquina que pudesse substituir a mão do homem naquele processo.

Havia sido um alvoroço entre os fazendeiros vizinhos, pois eles não tinham dinheiro suficiente para comprar aquele grande pedaço de metal revolucionário, e tiveram de se unir aos demais para que comprassem juntos uma máquina semelhante, e então, todos tinham que aguardar a vez para utilizá-la, o que era incômodo e até gerava brigas, mas ao menos, não estavam perdendo para Oscar Cullen em tal ponto.

Sacos e mais sacos de lã eram levados pelas caravanas de comerciantes e Elisa já não tinha mais o que fazer com tantas mantas recheadas de lã de ovelha que ganhava de presente dos fiéis compradores e artesãos que passavam por ali. Boa parte do que ganhava, acabava doando na igreja, deixando a cargo de padre Belamino que distribuísse aos mais necessitados que precisassem durante o inverno.

Elisa, por sua vez, passava boa parte do dia ao lado de outras mulheres conversando e espremendo laranjas. Ela convencera Oscar que o melhor era que vendessem o suco e assim foi feito. A cada dois dias, Daniel ia até a cidade com as garrafas de suco de laranja e as dispunha na porta das senhoras, assim como o leiteiro fazia. Elisa o pagava à parte pelo serviço.

Era o sujeito de mais absoluta confiança e era por isso que era tão estimado pela família Cullen.

Alguns fazendeiros foram embora para longe por não conseguirem competir com os mistérios da fazenda Cullen, enquanto outros, conseguiram manter seus negócios graças a uma clientela fiel, que acreditava que qualquer um que consumisse algo da fazenda Cullen, acabaria amaldiçoado.

Os que ficaram, aventuravam-se em tentar plantar outros tipos de alimentos que traziam de fora, na tentativa de ganhos maiores e de uma concorrência razoável, já que à Oscar nunca ocorrera a idéia de plantar outras coisas que já não tivessem por lá.

Mesmo sabendo o que os outros fazendeiros passaram a fazer, Oscar não sentia necessidade em prejudicá-los. Sua ganância há muito havia sido controlada e mais do que se contentava em manter as coisas como estavam.

Outro boato que se espalhara, foi de que a cada tentativa de plantar os novos alimentos, os fazendeiros e suas famílias estavam adotando rituais pagãos para que suas plantações fossem abençoadas por outros deuses. Até sacrifícios de animais estariam praticando, segundo o que foi comentado, o que levou padre Belamino a arrancar os cabelos e condenar a cada um que estivesse se atrevendo a fazer tamanha abominação, ao fogo do inferno. Todos negaram com veemência, na tentativa de não serem excomungados, mas pela primeira vez, padre Belamino passou a olhar para cada um com uma suspeita que não era nada divina. Era como se passasse a farejar com suas próprias narinas o cheiro do pecado e da blasfêmia e ao invés do amor e paciência que antes habitava seus olhos, ele passou a demonstrar uma raiva que parecia que explodiria para fora de sua carne. "Pecadores malditos", volta e meia podiam ouvi-lo sussurrar pelos cantos enquanto se agarrava ao próprio terço.

Não se sabia ao certo se havia sido por acaso, por graça divina ou por intermédio dos rituais pagãos, que se espalhou a notícia de que um vasto campo de trigo estava crescendo forte na fazenda da família Barletta. Muitos já haviam tentado cultivar o trigo naquela região, mas sempre fracassaram, e o único lugar onde tal plantação um dia se criara em abundância, havia sido na Aldeia dos Vales. Quem quisesse cultivar tal cereal teria de pôr um preço em sua fazenda e partir para longe, a oeste dali, onde a terra era generosa com as plantações de trigo.

Oscar recebeu a notícia com o mesmo interesse que ouviria a respeito de qualquer novo boato estúpido envolvendo sua própria família. Apenas limitou-se a dizer: "interessante" e tornou a concentrar-se na comida. Todos tinham a absoluta certeza de que a família Barletta teria oferecido muitos sacrifícios para conseguir tal feito. Eram os mais novos concorrentes com a família Cullen no que se referia aos boatos sobre feitiçaria e rituais macabros. Apesar do que os outros falavam, Elisa sabia que aquela família, por mais desesperada que se encontrasse, não partiria para aquele tipo de tentativa. Se fosse assim, Francesco teria vendido a própria alma para que ela deixasse de amar Oscar e se apaixonasse por ele.

Mais tarde, quando Oscar foi se juntar à Elisa no quarto, encontrou-a distraída, observando a lua pela janela, como normalmente acabava fazendo nas noites de lua cheia. Mas, desta vez, ela não parecia hipnotizada, apenas aborrecida e era tão difícil vê-la daquele jeito que Oscar realmente ficou preocupado. Ele aproximou-se cautelosamente e a abraçou. Elisa deu um longo suspiro e, em seguida, disse:

— Sabe, nós temos tudo aqui. A natureza é tão abundante que já não temos mais como dar conta das coisas sem uma grande quantidade de empregados para ajudar. Por isso mesmo, me pergunto, por que não posso mais te dar filhos? Nossos meninos já estão crescidos e nunca mais suas sementes vingaram dentro de mim. Aquelas bruxas velhas da cidade falam que fomos castigados por Deus, mas isso é impossível, não é? O que fizemos de errado?

— Não fizemos nada de errado, Elisa. Eu não sei por que não tivemos mais filhos, mas, eu já lhe contei sobre meus pais, não é? Eles queriam ter uma casa cheia de filhos, mas o único a nascer, fui eu. Minha mãe era uma mulher naturalmente saudável, assim como você, mas fui seu primeiro e único filho. As pessoas também falavam asneiras naquela época. Saiba apenas de uma coisa: se não conseguimos mais gerar nenhuma criança é porque a natureza quis assim. Não é castigo algum, pois não fazemos nada de mal a ninguém.

— Está certo, mas... apenas sinto falta de todas as sensações que tive enquanto carregava meus meninos aqui — ela disse, apertando as mãos de Oscar contra sua barriga.

Naquela noite abafada, enquanto fazia amor com Oscar e percebia a intensidade de seus próprios gemidos que ecoavam despudoradamente pela casa, Elisa estava quase em transe. Queria morrer nos braços daquele homem que lhe arrancava das entranhas as mais intensas sensações que uma mulher poderia ter. Tantos anos de casados e houve poucas noites em que Elisa não sentiu o corpo se acender como uma brasa viva, ansiando pelos toques firmes de Oscar; pelos beijos que a amoleciam completamente. Mal podia esperar para trancar-se no quarto com ele e deixar que seus corpos se amassem sem pudor algum, experimentando um no outro todo o tipo de sensação que os levasse a delirar na cama. Era simplesmente irresistível e incontrolável o que sentiam.

Porém, quando Elisa estava por cima dele e sentindo cada vez mais aquela sensação intensa que vinha consumindo seu ventre, as palavras que um dia foram ditas pela velha misteriosa foram novamente sopradas em seus ouvidos. Era como se a mulher estivesse presente ali, naquele exato momento, sussurrando em seu ouvido palavra por palavra do que Elisa nunca havia esquecido.

Junto com o orgasmo, veio o choro delicado, misto de sentimentos que ela não podia definir. Elisa beijou Oscar com a ternura de como se fosse a última vez que estivesse em seus braços. Ele olhava curioso para ela, enquanto cerrava os dentes ao sentir a mais profunda sensação de prazer que poderia sentir.

Mal haviam acabado de sossegar os corpos quando as múltiplas rajadas de vento chegaram com força, fazendo com que as madeiras da casa estremecessem como se fossem desmoronar. Em seguida, a chuva desabou forte. Oscar mal teve tempo de vestir as roupas e os filhos já batiam à porta do quarto, assustados.

Assim que Oscar pôs os pés na varanda, angustiou-se ao sentir como se estivesse revivendo aquele exato momento. Nunca se esqueceria da primeira noite em que fez amor com Elisa e da tempestade furiosa que chegou ao meio da noite. O milharal estava sendo amassado pelo vento e pela chuva da mesma maneira que daquela vez, e a tempestade que se formara, simplesmente não dera aviso e era tão intensa que parecia algo sobrenatural.

Oscar e os filhos se juntaram a Daniel e passaram bom tempo em meio à tempestade, levando as vacas de volta para o curral e vistoriando as habitações dos demais animais que simplesmente dormiam sossegados, como se não percebessem a tempestade que os cercava. Quando finalmente puderam voltar para casa, Elisa estava à espera, com toalhas nas mãos, para que se livrassem das roupas encharcadas e se secassem depressa antes que adoecessem. Também serviu chá, com uma mistura de ervas que ela garantiu que espantaria qualquer doença que quisesse lhes acometer, depois do tanto de chuva que haviam tomado.

No dia seguinte, assim como tantos anos atrás, estavam todos observando o milharal que havia sobrevivido à tempestade, com suas espigas inteiras e completamente protegidas. Para Elisa, aquilo servia de aviso. Assim como após a primeira tempestade e sua primeira noite com Oscar, toda a natureza passou a ser abundante e produtiva durante todos os anos, talvez, naquele momento, as coisas pudessem mudar novamente e deveriam estar preparados para o que viesse a acontecer.

Os demais fazendeiros também tiveram suas colheitas prejudicadas, mas assim como Oscar não teve prejuízos, acaso ou não, o trigal da família Barletta também sobreviveu à tempestade, fomentando os boatos e discórdias a respeito das duas famílias mais uma vez.

Até mesmo padre Belamino apareceu para vistoriar, na tentativa de rastrear os sinais do pecado do paganismo e seus rituais, mas ao menos, na fazenda dos Cullen, a única coisa que ele conseguia perceber era a paz que emanava daquele lugar. O padre então foi às pressas até a fazenda da família Barletta, munido de água benta e sua língua afiada para chicotear os culpados, se os encontrasse.

Algum tempo depois, Elisa andava inquieta pelos cantos. Parecia desconfortável com algo que Oscar não conseguia imaginar do que se tratava. Logo os episódios estranhos em que as vozes guiavam Elisa durante o sono, até o rio, voltaram a acontecer, e Oscar obrigou-se a trancar as portas e janelas cada vez que ia dormir, a fim de que ela não escapasse e acabasse afogada no rio. Mas, mesmo assim, Oscar passava boa parte da noite acordado, observando enquanto ela balbuciava e desenhava no ar coisas que estavam além de sua compreensão. A cada vez que aquilo acontecia, ele chegava o mais próximo de sentir medo, pois Elisa realmente parecia possuída por outra pessoa.

Semanas depois, durante alguns dias, Elisa evitou cozinhar, pois quase tudo lhe dava enjoos, especialmente os doces e as frutas. Joanna se oferecera para passar um tempo lá para que pudesse ajudá-la nas tarefas, pois junto com os constantes enjoos, vinham os calores que ferviam seu sangue até que a pele se avermelhasse. As duas não comentavam nada a respeito, mas conversavam diretamente pelo olhar e ambas sabiam o que estava acontecendo com Elisa.

Em certo fim de tarde de um sábado, cujo sol se mantinha tímido, escondido entre as nuvens, Elisa convidou o marido para que fossem até o rio ter um momento de intimidade, longe de todos os ouvidos que estavam sempre por perto para ouvi-los. Ao chegarem lá, ela livrou-se das roupas e ficou nua, olhando para Oscar como se esperasse que ele dissesse algo além de um elogio, mas ao perceber que os olhos dele passavam por ela, curiosos, Elisa disse:

— Depois de tanto tempo que se passou, a natureza nos sorriu mais uma vez. Eu estou grávida! E sinto que desta vez será uma menina!

Oscar esfregou as mãos no rosto e cambaleou para trás, como se estivesse assustado ao invés de feliz. Elisa caminhou até ele preocupada e perguntou:

— Não está contente que será pai mais uma vez? Não quer que seja uma menina, é isso?

— Não diga bobagens, Elisa, é claro que seria maravilhoso ter uma menina...

— Então, por que está assim? — Oscar desviou o olhar e respondeu:

— Essa noite eu tive um sonho. Um sonho muito ruim. De alguma forma havia sido um aviso de que você me daria esta notícia.

Elisa sentiu um calafrio mórbido e sua primeira reação foi cruzar as mãos em frente à pequena barriga que começava a despontar. Não costumava ser supersticiosa, mas para ela, sonhos sempre traziam avisos, tanto bons quanto ruins, e ver a expressão no rosto de Oscar e sentir aquela sensação estranha que percorria seu corpo, fez com que ela tivesse certeza de que algo ruim a sondava de perto.

— Eu preciso saber o que você sonhou, por favor, precisa me dizer!

— Não posso. Iria perturbá-la, mas me prometa uma coisa... Prometa que vai tomar todo o cuidado que puder e não se aproxime de ninguém que não confie plenamente.

— Eu prometo.

Dois meses depois, Elisa permanecia dia após dia olhando desconfiada a todos sem nem saber exatamente o porquê. Já não se esforçava como costumava fazer durante a gravidez dos meninos. Nunca havia sentido tamanha necessidade de se manter segura como naquele momento. De repente, passou a olhar pela janela como se enxergasse apenas um dia nebuloso ao redor. As vozes e risos que chegavam aos seus ouvidos soavam como despedidas, e por mais que Oscar lhe desse todo o afeto que podia, o aperto em seu peito passava a angustiá-la cada vez mais.

Quando o bebê começou a se movimentar sutilmente dentro dela, Elisa se encheu de alegria, e todo aquele peso que estava sentindo deu lugar ao mais absoluto sentimento de encanto. Os lençóis e fraldas bordadas com delicadas flores e borboletas começavam a encher as prateleiras do armário de roupas. Elisa até podia imaginar como a menina seria uma linda mistura sua e de Oscar. A cada dia ela lhe contava histórias que conhecia, e algumas, ela mesma inventava, a fim de que a filha ouvisse sempre sua voz. Para os gêmeos, a chegada de uma irmã era como qualquer outro acontecimento, já para Nathaniel, era algo curiosíssimo, quase sobrenatural, que despertava muito sua imaginação. Na verdade, ele imaginava se a irmã não teria uma beleza ainda mais fora do comum que a própria mãe.

Certa noite, após um dia inteiro de trabalho duro, Oscar caiu exausto na cama a ponto de mal conseguir se mexer de tanto cansaço. Naquela noite, ele não conseguiu trancar a porta para proteger Elisa, e sequer percebeu quando ela se levantou da cama calmamente, com seus olhos vagos e abertos e saiu do quarto. A casa estava no mais absoluto silêncio. Os rapazes dormiam profundamente em seus quartos enquanto algo puxava Elisa para fora dali e, sem qualquer controle sobre o próprio corpo, ela simplesmente continuou caminhando.

Elisa já havia passado da entrada da fazenda e continuava caminhando lentamente, totalmente inconsciente, e seus olhos pareciam não enxergar nada diante dela. E foi assim que Anton González, que espreitava a fazenda no meio da noite, percebeu a estranha movimentação. Em passos furtivos, ele se aproximou cauteloso, apenas para espiar quem era, e assim que chegou mais perto, avistou Elisa em seu encantamento. Ela era iluminada como um anjo pelo brilho forte da lua que se apresentava imponente no céu.

Anton sempre tivera muita curiosidade a seu respeito, principalmente, sobre os boatos que falavam sobre ela ser uma feiticeira que punha encanto em toda a natureza, assim como a mãe de Oscar. Anton não acreditava totalmente naquilo, mas não era a primeira vez que olhava para ela e sentia algo mágico, que lhe perturbava a alma. Naquela noite, ver a forma divina como Elisa caminhava sob a luz azul da lua, simplesmente fez com que se enfeitiçasse de vez. Naquele momento, Anton teve a certeza de que Elisa era mais que uma mulher, só podia ser uma divindade, e ele precisava tocá-la.

Elisa não percebeu Anton González se aproximando. Não sentiu quando ele tocou em seu braço. Não ouviu uma palavra que saía de sua boca e não conseguia ver nada diante dos olhos. Quando, enfim, seu transe rompeu-se, ela despertou confusa, sentindo a boca que lhe beijava os seios e ouvindo o choro copioso que adentrava seus ouvidos. Elisa gemeu de susto e recuou e só então pôde perceber o que estava acontecendo. Ela olhou completamente assustada para a figura delirante de Anton González que olhava para ela com o rosto lavado de lágrimas. Ele balbuciava palavras confusas, e em seguida, debruçou-se aos pés dela como se pedisse clemência.

— Por favor, me solte! Saia logo daqui! — ela gritou, mas Anton agarrou-se ainda mais às suas pernas, quase fazendo com que perdesse o equilíbrio. Sua mente voou repentinamente até Oscar, como se pudesse vê-lo levantando-se apavorado da cama ao não encontrá-la ao lado.

Desesperada diante do estado em que Anton González se encontrava, Elisa começou a esmurrá-lo na cabeça e conseguiu fazer com que ele soltasse de suas pernas, mas logo em seguida, ele soltou um berro doentio que escapara do vazio da alma que lhe habitava, e com os olhos profundamente consternados e confusos, Anton conseguiu alcançá-la.

Assim que ele a agarrou pelos braços e a forçou a olhar para ele, disse:

— Por que não entende? Eu preciso apenas que me ouça, que me absolva dos meus pecados! Eu a vi caminhando, coberta por um manto luminoso e compreendi que você não é apenas uma mulher, é um anjo! Fique comigo, eu suplico! Ajude a curar minha alma podre — Elisa estava tão apavorada que sua única reação foi dar-lhe uma bofetada com força, mas Anton era forte e estava tão fora de si, que ao sentir a pele do rosto arder, urrou como um animal e a empurrou para longe com tanta força, que Elisa sentiu o cérebro chacoalhar na cabeça e caiu como um saco de batatas no chão.

TERRA VAZIA

Assim que seu corpo se estatelou sobre o capim raso, uma dor profunda aos pés das costas irradiou para o ventre, e seus olhos se encheram de lágrimas ao pressentir tudo o que estava por vir. De repente, ela percebeu que estava se umedecendo e ao tocar com os dedos o meio de suas pernas, sentiu-os cobertos por sangue grosso. Elisa olhou para Anton González, que parecia aterrorizado ao perceber o que tinha feito, e então, as palavras da velha misteriosa sussurraram em seu ouvido enquanto ela começava a gritar de desespero.

Anton González assobiou para o cavalo, e consternado, saltou sobre ele antes de partir depressa enquanto ouvia os gritos agonizantes de Elisa, que faziam com que seu corpo todo se estremecesse de pavor. Estava amaldiçoado. Ele sabia disso e sabia que merecia a maldição. Passara a vida toda sendo um degenerado, se aproveitando de mulheres e as escorraçando quando apareciam com alguma criança nos braços. Algumas, inclusive, haviam sido violentadas por ele. Violentadas pelo demônio que ele carregava no corpo e que sempre fazia questão de deixá-lo no comando. Ver o medo e a dor nos olhos das pessoas sempre alimentara sua alma doente, e ele nunca havia sentido qualquer traço de luz em si, até aquela noite em que pôde contemplar a bela Elisa; foi então que todos os pecados que cometera, o chacoalharam por dentro, para que soubesse que nunca existiria perdão para ele.

Elisa tentou se levantar, mas sentia tanta dor que mal conseguia se mexer. Seu ventre começou a contrair, e a cada contração, sentia mais sangue escapar de dentro dela. Seu choro amargo espalhou-se com a brisa e foi levado por todos os cantos da fazenda. Os animais ficaram perturbados e começaram a se agitar em seus abrigos. Logo, Elisa ouviu as vozes de Oscar e dos filhos e reuniu todas as forças que tinha para gritar o mais alto que pôde.

Quando as luzes dos lampiões se aproximaram e revelaram a Oscar sua esposa coberta de suor e lágrimas, com os seios à mostra, o vestido rasgado, as pernas ligeiramente abertas e uma grande quantia de sangue espalhado no capim debaixo dela, seus olhos se acenderam e um aperto agonizante instalou-se em seu pescoço. Os meninos olhavam assustados para ela, especialmente Alexander, que apertava o terço enroscado nas mãos.

— O que foi que aconteceu aqui, Elisa? — ele perguntou, rangendo os dentes. Elisa só conseguia chorar e então ele gritou: — Diga!

— Eu... Eu não me lembro de chegar aqui ... Eu estava caminhando... acabei caindo e...

— Posso sentir o cheiro de tabaco ao redor! Quem fez isso com você? Não vou perguntar duas vezes, Elisa! — ela voltou a chorar e respondeu entre soluços:

— Anton... González. — Os olhos de Oscar exibiam tanto ódio que Elisa chegou a sentir medo. Desesperada, ela se arrastou até os pés dele e suplicou:

— Por favor, não vá atrás dele, eu imploro, não vá!

— Como pode me pedir uma coisa dessas? Está louca?

— Aquela mulher disse que a nossa vida acabaria no dia em que você fosse tomado pelo ódio. Agora eu sei... só vai piorar as coisas se for atrás dele. Eu imploro, por favor, fique comigo.

Oscar não disse uma palavra sequer além de ordenar a Augustus que fosse correndo pedir a Daniel que buscasse a parteira. Ele deu seu lampião para Nathaniel ajudar a iluminar o caminho à frente enquanto carregava Elisa nos braços, completamente molhada e cheirando a sangue. Por um instante, lembrou-se de quando a encontrara desesperada no rio, nua e aos prantos porque estava sangrando achando que ia morrer. Era apenas uma mocinha na época. Tantos anos depois, ele a carregava mais uma vez, mas naquele momento, ela já não era mais aquela mocinha, era uma mulher, sua esposa, com quem tinha construído uma família. E saber que o sujeito a quem mais abominava tinha lhe feito mal, a ela e a criança em seu ventre, deu a Oscar uma única certeza: Anton González não viveria até o nascer do sol.

Antes que chegassem até a casa, Daniel já tinha partido às pressas atrás da parteira. Beatrice, sua esposa, estava esperando por eles na varanda e assustou-se incrivelmente ao ver o estado em que Elisa se encontrava. As duas nunca haviam sido tão próximas, Beatrice era uma mulher mais reservada e que falava muito pouco. O único lugar em que se era possível ouvi-la falar e rir era dentro da própria casa. Elisa até se surpreendeu ao descobrir que ela sabia sorrir.

— Beatrice. Por favor, fique com Elisa e cuide dela até que a parteira chegue — disse Oscar, enquanto passava apressado pela porta.

— Claro, senhor.

Assim que Oscar deitou Elisa na cama, ela já estava tão fraca que quase não teve forças para implorar a ele que ficasse. Ele apenas a beijou na testa e apertou sua mão antes de sair do quarto, apressado, com suas roupas sujas de sangue. Em seguida, foi buscar seu revólver, e com as mãos firmes de um homem que sentia o ódio fluir pelo corpo, encaixou as balas no tambor e passou direto pelos filhos.

Quando estava prestes a montar no cavalo, Alexander apareceu na porta e disse, ainda agarrado ao terço:

— Tirar a vida de alguém é pecado, papai. Padre Belamino ensinou que quem tira a vida de alguém terá o inferno como lar. — Oscar olhou para o filho e respondeu, antes de sair a galope:

— E é para lá que vou mandar aquele maldito.

O mais puro ódio brilhava nos olhos de Oscar enquanto o cavalo galopava furiosamente. Ele até mesmo podia sentir o cheiro de Anton González e sabia exatamente onde o acabaria encontrando. Sempre sentira grande repulsa pelo sujeito, por toda a família também, mas principalmente por ele, o filho mais velho do homem mais cínico que ele conhecera. Seu pai, Alexander, já nutria ódio pela família González desde que haviam ameaçado Jonas Fernandez e a esposa grávida, para que vendessem a fazenda a eles por um preço muito abaixo do que qualquer pessoa venderia.

Henrico González apenas trouxera coisas ruins àquele lugar, mas mesmo com todo o ódio que Oscar sentiu ao se deparar com o moinho destruído, sabendo que aqueles miseráveis estavam rindo há tantos anos porque ele nada fizera a respeito, estava disposto a continuar apenas amargando aquele episódio e seguindo sua vida, cuidando de sua família, mas encontrar Elisa, daquela maneira, sabendo que Anton Gonzalez havia se atrevido a tocar e machucar sua esposa, era algo que ele nunca iria admitir. Não importava o quanto Elisa suplicasse. Não importava se iria para um inferno no qual nunca acreditara. Vingança era o único gosto que ele queria sentir naquele momento.

Oscar já havia percorrido uma longa distância, quando de repente, avistou a sombra montada no cavalo, bem no meio da estrada. Ele puxou as rédeas de seu cavalo para fazê-lo parar e por um instante, observou a sombra imóvel. Naquele exato momento, Oscar teve a certeza de quem estava vendo à sua frente. Ele olhou ao redor. Seus ouvidos buscaram por qualquer ruído que pudesse lhe dizer que se tratava de uma emboscada, mas nada além do som dos grilos e do vento que balançava os galhos das árvores era ouvido.

O cavalo seguiu a passos lentos, enquanto Oscar observava a figura cabisbaixa adiante. Antes que pudesse alcançá-lo, o sujeito desceu do cavalo, atirou algo no meio do mato e se pôs de joelhos, antes de dizer:

— Estou desarmado! Por favor, permita que eu possa explicar o que aconteceu! — Oscar saltou do cavalo e correu furioso. A primeira coisa que fez ao olhar para Anton González, com sua aparência de homem esfarrapado, foi dar-lhe um chute na cara tão forte que o fez cair desajeitadamente para trás. Anton começou a se arrastar no chão de terra, tal como um lagarto, enquanto cuspia sangue.

— Eu não quero ouvir uma palavra que saia da sua maldita boca! Já tolerei demais você e o resto de sua família! — Oscar chutou-lhe as costelas e o fez berrar ainda mais de dor. Quando Anton virou-se, ficando com as costas esticadas no chão, Oscar pisou com seu pé pesado sobre o peito dele, antes de sacar o revólver.

— Por favor, eu juro pela minha alma que não tive a intenção de machucá-la! Ela só... Ela apareceu do nada e eu me aproximei apenas para conversar, mas ela se apavorou e... Eu não queria machucá-la, eu juro! Não sei o que houve comigo...

— Eu não sei que tipo de idiota você pensa que sou. Sabe que só há uma coisa que eu posso fazer a respeito, não sabe? Elisa perdeu tanto sangue que talvez não esteja viva quando eu voltar para casa, mas garanto que de maneira alguma você voltará com vida para a casa dos seus pais — disse Oscar, antes de apontar o revólver para o rosto de Anton.

— Sim, eu sei... Ao menos não me deixe morrer como um animal debaixo dos seus pés.

Oscar deixou que Anton González limpasse o choro e a baba da cara, e assim que ele se pôs em pé, o gatilho foi apertado e a primeira bala atravessou-lhe a testa, fazendo com que seu corpo caísse violentamente para trás. Oscar manteve o dedo no gatilho até que nenhuma bala restasse em seu revólver. A cada disparo, o corpo de Anton chacoalhava levemente, fazendo-o parecer como um boneco.

Em seus tantos anos de vida, nunca havia matado um ser humano. Sentia tanto ódio ao disparar contra Anton pela primeira vez, que simplesmente perdera o controle de sua própria mão e acabou por deixar o sujeito irreconhecível. Suas mãos tremiam compulsivamente e seu corpo começava a ficar pesado. Apesar de nunca ter acreditado verdadeiramente em Deus, sentia o peso da culpa que acabava de se cravar em suas costas, e pela primeira vez, sentiu que havia um ser acima de qualquer compreensão e que naquele exato momento, acabara de lhe dar uma sentença. Não havia mais nada que pudesse fazer senão levar o cadáver daquele miserável de volta para sua família e esperar que Henrico González tomasse alguma atitude a respeito.

Quando Oscar enfim retornou para casa — levando consigo os gritos de horror da mãe de Anton González —, a escuridão da noite já era impenetrável. Ousava dizer que estava ainda mais escuro que o normal. Mais um pouco poderia afirmar que aquela escuridão tomaria forma e o engoliria.

Sentia-se vazio por dentro e se perguntava quanto tempo levaria para que aquela sensação ruim passasse.

Na varanda, seus filhos estavam sentados lado a lado iluminados pela luz do lampião, acompanhados por Daniel. Mal pareciam tê-lo visto chegar, e Alexander, quando olhou para ele, apenas fez o sinal da cruz e voltou a rezar baixinho. Quanto aos outros, simplesmente o ignoraram, imersos em uma maciça aflição. Antes que Oscar pudesse perguntar alguma coisa, Daniel levantou-se, caminhou até ele e o puxou para um canto, onde disse baixinho:

— Senhor, eu trouxe a parteira. Cheguei faz pouco tempo, mas Beatrice me contou há alguns instantes que as coisas não vão bem lá dentro, por isso, é melhor que aguarde conosco aqui fora.

— Maldição... — Oscar resmungou, dando um tapinha no ombro de Daniel. — Obrigado por ajudar.

— Não há o que agradecer.

Horas depois, Beatrice surgiu na varanda e disse:

— Senhor, a parteira está chamando.

Oscar sentia os passos pesarem cada vez mais ao atravessar o corredor que levava aos quartos. Era uma sensação inquietante e amarga que percebia ali. Tudo à sua volta estava à meia-luz, quebrando um pouco da escuridão que predominava no longo corredor. Estava prestes a bater à porta de seu quarto quando Constanza quase o matou de susto, saindo repentinamente porta afora, segurando uma lamparina que revelava seu semblante pesaroso e suas mãos sujas de sangue.

— Como ela está? — Constanza tentou forçar um sorriso e respondeu:

— Bem, nada do que eu disser agora vai fazer seu coração se confortar, meu filho, mas saiba que acredito na força de sua esposa e sei que ela ficará bem. De qualquer forma, peça que tragam o médico para cá o quanto antes. Eu mesma conversarei com ele.

— Por favor, diga de uma vez...

— A menina já havia entrado em trabalho de parto quando cheguei. Não teria como segurar a criança dentro dela... Não demorou ao bebê ser expulso e tive de dar a ela preparados de ervas para que o ventre pudesse se limpar, mas ela está fraca e perdeu muito sangue.

— Mas... Não entendo... A criança nasceu? Por favor, eu...

— Sim, sua filha nasceu, mas seu coração já estava muito fraquinho quando chegou às minhas mãos. Não teria como sobreviver. Faltava muito para que estivesse pronta para vir ao mundo. Sinto muito, meu filho, acredite que meu coração também está partido. Agora pode entrar para vê-las.

Oscar esfregou as mãos nos cabelos e no rosto, na tentativa de segurar o choro que lhe apertava a garganta. Quando abriu a porta e viu o estado em que Elisa se encontrava, quis apenas morrer. Mesmo quando perdera sua mãe, tanto tempo atrás, não havia experimentado nem metade do sentimento que lhe sufocava naquele momento. Ele se ajoelhou ao lado da cama e tentou falar com Elisa, mas ela não respondia, talvez sequer o estivesse ouvindo. Sua pele estava amarelada, seus lábios sempre vermelhos estavam brancos e ela gemia baixinho de dor. Oscar tocou sua testa molhada por um suor gelado e não conseguiu segurar mais o choro que explodiu de seu peito. Ao lado dela, dormia o pequeno ser, enroladinho em uma manta coberta por pequenas borboletas que Elisa passara tanto tempo bordando, na certeza de que teriam uma filha. Oscar a desenrolou da manta e ficou chocado ao ver como era pequena e tão magrinha, com a pele enrugada e coberta por uma vasta camada de penugens douradas. Dormia seu sono de morte com os bracinhos juntos em frente ao peito. As perninhas estavam cruzadas, como se sentisse protegida dentro de um casulo. Oscar reparou nos dedinhos finos e tão pequenos, tocou em sua pele gelada, porém, tão macia e fina que ele podia ver os desenhos de suas veias. Era como um anjo. Constanza a havia banhado em uma bacia de água morna com pétalas de rosas, e era aquele cheiro suave que sua filha exalava.

Oscar não entendia ao certo se era apenas a natureza restabelecendo a vitalidade do corpo de Elisa, ou se era apenas o desejo avassalador de uma mãe que precisava, por uma última vez, ver o rosto da filha que nunca abriria os olhos; mas já na tarde seguinte, Elisa despertou fraca e ainda mais pálida que antes. Queria saber da filha e mal teve forças para chorar quando a segurou nos braços mais uma vez. Oscar disse que precisavam providenciar um funeral, mas Elisa se recusou a fazer como de costume. Queria que a menina fosse sepultada à beira do rio, no lugar mais cheio de paz que poderia haver no mundo, segundo ela pensava. Por mais que Alexander, que era tão católico, argumentasse com sua mãe sobre a importância de uma missa, acabou sendo vencido em seus argumentos e lhe foi permitido que rezasse durante o enterro de sua irmã, conforme havia aprendido com padre Belamino.

Oscar carregou Elisa nos braços até a beira do rio, para que ela pudesse ver o bebê ser enterrado. Elisa fizera questão que a menina fosse para a cova envolta nas mantas que ela mesma havia bordado para o enxoval da filha, e recheou com pétalas de diversas flores o pequeno ninho onde o bebê repousaria. Antes que Alexander começasse suas rezas e a menina pudesse ser finalmente enterrada, Elisa molhou sua pequenina testa com gotas de água do rio, como forma de proteção para sua pequena alma que tão pouco viveu. Era apenas nisso que Elisa acreditava. Aquelas águas possuíam uma energia que ninguém mais além dela mesma conseguia perceber. Era seu próprio lugar sagrado.

Na manhã seguinte, Nathaniel correu para avisar que havia flores espalhadas por quase toda a fazenda. Elisa observou cautelosamente todas as árvores, plantas e galhos completamente vazios. Naquela manhã, brilhava um sol pálido, parcialmente encoberto pelos vastos desenhos formados pelas nuvens, e por onde os olhos de Elisa seguiam, só conseguia avistar o colorido das flores no chão e apreciar o cheiro que a brisa espalhava pelo ar enquanto sentia um enorme vazio.

Elisa viveu angustiada cada dia que se passou nos meses seguintes. Cada vez que seus ouvidos captavam o som dos trotes dos cavalos ou até mesmo a cada vez que seu coração se apertava um pouco mais no peito, pensava que seria o dia em que Henrico González procuraria por sua vingança. Todos estranhavam o fato de que nenhuma movimentação era feita pela família González. Nenhum rumor sobre o que eles estariam fazendo e por onde andavam chegava aos ouvidos de Oscar e sua família.

A fazenda Cullen já havia reduzido grandemente os negócios, por conta do medo que Elisa sentia de que Oscar fosse morto por qualquer invasor. Ele dizia que não poderia passar o resto de sua vida escondido como um covarde e não houve sequer um momento em que tal assunto fosse abordado, sem que Oscar afirmasse que não se arrependia nem por um instante de ter tirado a vida de Anton González.

Depois de tudo que acontecera, Elisa já não era mais a mesma mulher. Nunca mais voltou ao rio. Nunca mais passeou pelo pomar ou se interessou por plantar mais flores. Os animais já não eram agraciados com suas visitas e ela passava a maior parte do tempo distraída, olhando pela janela e, às vezes, se sentava perto das árvores para observar o marido em seu trabalho. Vê-lo forte e respirando era a única coisa que apaziguava seu coração amargurado e cheio de medo.

Quando o período de mais uma colheita havia chegado ao fim, Elisa desesperou-se assim que Oscar lhe disse que partiria com Daniel para vender o milho dali a alguns dias. Já estaria tudo limpo e devidamente ensacado e, além disso, Oscar não achava justo que Daniel partisse sozinho e fizesse todo o trabalho por ele. Na realidade, Elisa apenas não sabia que tudo que Oscar mais queria era se libertar de todo o peso que estava sentindo. Queria estar no controle da própria vida mais uma vez e mostrar a Henrico González e a todos que nunca havia sido um homem covarde e que não tinha medo de morrer e lutar por sua família.

Na véspera da partida de Oscar para a cidade e regiões vizinhas, todos jantaram em silêncio. Ele observava cada um dos filhos com um sorriso no rosto e mastigava cada porção de comida com a maior tranquilidade possível, experimentando o tempero levemente picante que Elisa tanto gostava de usar. Via em seus filhos homens melhores e mais fortes que ele; homens que seriam os melhores em qualquer coisa que desejassem fazer, até mesmo Alexander, com seu desejo de se tornar padre.

Quando os filhos se retiraram da mesa com a permissão de Elisa, Oscar olhou para ela e começou a se lembrar de tudo que viveram desde que ele a trouxe para aquela fazenda. Apesar do que ela deveria sentir a respeito do pai, e que nunca contara a ele, Oscar sabia que a melhor coisa que poderia ter acontecido na vida dos dois foi terem se encontrado. Inevitavelmente, de um jeito ou de outro, ele sabia que Elisa já estava em seu caminho e seria ela a única mulher capaz de mexer com seu coração. Desde antes de não conseguir resistir ao pedido de Elisa por um beijo seu, já era impossível não perceber o quanto ela havia se tornado uma linda mulher e o quanto fazia de tudo para atrair seus olhos, sempre encontrando uma forma de atiçá-lo sutilmente.

Naquela noite, Elisa dormiu nua em seus braços, agarrada a ele como se não fosse mais largá-lo. Oscar passou cada minuto daquelas horas acariciando-a enquanto dormia. Já não sentia cansaço, apenas uma prazerosa sensação que levava seu sono embora e trazia apenas pensamentos e mais pensamentos sobre sua própria vida e tudo que acontecera até aquele momento.

Quando chegou a hora de ir, Oscar deixou que Elisa continuasse a dormir em seu sono profundo e antes de partir, beijou-lhe levemente os lábios e sentiu mais uma vez o cheiro dos seus longos cabelos antes de sussurrar em seu ouvido:

— Eu te amo.

Quando, enfim, Elisa despertou de seu sono e não encontrou Oscar ao seu lado na cama, correu desesperada pela casa, apenas usando os lençóis para cobrir seu corpo nu. A sensação que se abatia sobre ela era de algo muito ruim. Oscar sequer havia se despedido e seu maior medo naquele instante era de que não fosse mais voltar a vê-lo.

Ao bater na casa de Daniel, Beatrice lhe contou que os dois já haviam partido há algumas horas, e o aperto que sufocava Elisa se intensificou a tal ponto, que ela queria pegar um cavalo e partir atrás dele, mas Beatrice tentou acalmá-la:

— Dará tudo certo e logo estarão de volta. Aqueles dois sabem se cuidar e, além disso, estão armados.

— Eu sei disso, Beatrice, mas não consigo deixar de pensar que...

— Eu posso lhe fazer companhia, se quiser. Acho que assim conseguirá se distrair.

— Eu ficaria muito agradecida — respondeu.

Elisa tentou ocupar a cabeça com tudo que pôde. Tentou prestar atenção em cada palavra que Beatrice falava, e até mesmo a levou junto para fazer uma visita à Joanna, que como se adivinhasse que teria companhia, as recebeu com um bule de chá fresco e bolo recém-tirado do forno. Apesar dos sorrisos que exibia e da tentativa de não pensar em Oscar, imagens horríveis vinham à sua cabeça e aquilo a atormentava ainda mais. Não tinha como impedir seu medo de lhe dizer e mostrar coisas. Tudo o que podia fazer era apenas rezar e esperar.

Durante a noite, Elisa fez questão que todos rezassem por uma hora inteira antes que fossem para a cama. Joanna estava lá com ela para garantir que ficasse mais tranquila. Tentou contar suas histórias mirabolantes para distraí-la, mas tudo que entrava pelos ouvidos de Elisa era instantaneamente apagado, sem que ela pudesse se concentrar em qualquer coisa que não fossem os gritos vindos de longe que só ela ouvia.

Na calada da madrugada seguinte, Elisa despertou com o vento forte que batia contra a madeira da casa e ouviu o agito dos animais. As ovelhas baliam desesperadas, enquanto os porcos guinchavam e se debatiam contra a madeira do chiqueiro. Os cavalos eram os mais assustados; relinchavam e saltavam como se o estábulo estivesse pegando fogo.

Elisa acordou os filhos que dormiam pesadamente, e seguiu com eles até a varanda, onde observou o escuro da noite e o agitar do vento que parecia rugir a cada rajada forte que manifestava. Algo era soprado em seu ouvido, mas ela não conseguia entender o que. Elisa então sentiu o cheiro da pele suada de Oscar que o vento trouxera até ela; sentiu o calor de seu corpo como se ele estivesse a abraçando naquele exato instante, e de repente, o mais forte cheiro de sangue penetrou suas narinas. Elisa deu um grito que ecoou por toda a fazenda e começou a chorar inconsolavelmente.

— O que aconteceu, mamãe? — Os gêmeos perguntaram assustados. Elisa, assim que conseguiu controlar o choro por um instante, fez sinal para que os filhos se aproximassem e os reuniu em seu peito antes de dizer:

— Seu pai está morto!

Todos se afligiram, mas com exceção de Nathaniel, os outros se recusavam a acreditar no que Elisa jurava ser a mais pura verdade. Ninguém conseguia entender que sua ligação com Oscar era tão forte, que ela poderia sentir o exato momento em que seu coração pararia de bater. Por isso pôde senti-lo uma última vez. Por isso pôde experimentar o cheiro e o gosto do sangue do marido.

No exato instante em que Oscar não conseguiu mais continuar ligado ao próprio corpo, Elisa sentiu na alma o rompimento do cordão invisível que os conectava.

Na manhã seguinte, Elisa conversou com Beatrice e tentou tranquilizá-la dizendo que Daniel, seu marido, estava vivo e traria o corpo de Oscar em breve. Elisa também pediu a Nathaniel que fosse até a cidade e providenciasse a mais bela mortalha para o pai. Todos pensaram que ela estava louca, mas tudo estava sendo arranjado, conforme ela queria, para o funeral do morto que não retornava.

Algumas horas depois, Elisa foi avisada de que todo o pomar havia apodrecido, e ao caminhar até lá, sentindo o pesar da dor de um luto que mal havia começado, deparou-se com as árvores secas e enegrecidas. As poucas flores que enfeitavam as árvores e que nunca mais espalharam perfume, estavam secas e amareladas sobre a terra, como se tivessem sido queimadas. As frutas, que eram sempre as mais lindas e que davam o ano inteiro, estavam espalhadas pelo chão, completamente podres e escurecidas; espalhavam apenas o cheiro azedo de sua decomposição enquanto um mar de vermes devorava seus restos. Não lhe restava mais dúvida. Tudo estava se acabando enquanto seu coração mergulhava na mais absoluta tristeza. Assim como a velha cega havia profetizado.

Dois dias depois, no começo da tarde, Elisa estava sentada na varanda, experimentando o frio intenso que chegara cobrindo todo o azul do céu e espalhando seu tom cinza por toda a parte, tornando o ar mais difícil de respirar. De repente, ela deu um sobressalto assim que avistou a carroça coberta que surgia na estrada. O coração apertou-se dentro do peito. Nenhuma palavra podia sair de sua boca. Seus olhos acompanhavam a carroça que se aproximava, e quando chegou perto o suficiente, reparou no rosto abatido e apático de Daniel, e ao seu lado, guiando a carroça, um senhor alto, de vastos cabelos brancos limitava-se a olhar a estrada.

Elisa desceu os degraus da varanda, apertando o casaco contra si e começou a caminhar de encontro a eles. O vento espalhava seus cabelos assim como na noite em que esteve nos braços de Oscar pela primeira vez. Daniel olhou para ela com um olhar pesaroso, e em seguida, baixou a cabeça. Seu rosto estava inchado e havia um enorme talho em sua bochecha direita. Ela desviou os olhos para o interior da carroça, mas não conseguia ver nada. Aguardou pacientemente até que parassem diante dela.

— Onde está meu marido? — Ela perguntou, cerrando os dentes. Daniel hesitou em olhar para ela, e então, respondeu, quase sem forças:

— Está... Está...

— Está aqui, senhora — disse o velho, apontando para o interior da carroça. — Lamento por sua perda.

— Não pode ser possível! — exclamou Nathaniel.

— Ajudem a tirar seu pai de lá! — Elisa ordenou.

Com certa dificuldade, os rapazes conseguiram tirar da carroça o corpo pesado do pai que estava envolto em um grosso tecido amarelado. Naquele instante em que os filhos carregaram o corpo até a varanda, Elisa sequer conseguia sentir seu coração batendo. Não conseguia enxergar nada ao seu redor. Seus olhos apenas focavam no que parecia ser um enorme casulo manchado de sangue onde seu marido dormia o sono dos mortos. Ao se sentar ao lado, pôde sentir o cheiro forte das ervas e flores que haviam sido colocadas ali dentro, junto ao corpo.

— Tragam-me uma faca! — gritou Elisa.

— Mas, mama... — antes que Alexander pudesse concluir sua frase, Elisa enfatizou:

— É uma ordem!

Assim que Alexander voltou trêmulo com a faca e a colocou nas mãos de Elisa, ela delicadamente encontrou o ponto para fazer o corte, e foi rasgando os tecidos que estavam por baixo; até que seus olhos se arregalaram e um berro escapou de sua garganta ao ver o rosto quase irreconhecível do marido, completamente roxo e inchado. Sequer incomodou-se com o mau cheiro que escapou assim que os tecidos foram rasgados.

Elisa arrancou todo o tecido que cobria o corpo de Oscar e viu que suas roupas estavam completamente sujas de sangue.

— Quem fez isso? Diga, Daniel! Diga!

Daniel, com seu semblante miserável, abraçou-se à Beatrice e aos filhos e logo depois, caminhou vagarosamente até Elisa e fez com que ela se aproximasse dele o suficiente para sussurrar em seu ouvido:

— Martino. Martino González. Disse que agora a dívida está paga. Sinto muito por não ter conseguido salvá-lo, eu juro que tentei, mas sofremos uma emboscada.

Elisa estremeceu ao lembrar-se do rosto sereno de Martino González, que parecia sentir-se desconfortável quando estava junto da própria família, mas mesmo assim, continuava a viver com eles. Apesar de estar perto de completar quarenta anos, recusava-se a casar e passava boa parte do tempo estudando formas de criar geringonças de madeira que seriam de grande utilidade, e mecanismos de maquinaria. Era a única coisa que todos sabiam que o misterioso Martino se dedicava a fazer. Ele, por sua vez, era um homem diferente do restante da família. Preferia isolar-se e das poucas vezes que podia ser visto na cidade, estava sempre acompanhado pelo pai. Era o único membro daquela família que Elisa nunca imaginaria que pudesse deixar um ser humano no estado em que Oscar se encontrava. Seu marido havia sido morto como um porco.

Elisa lavou o corpo gelado e ensanguentado do marido. Levou muito tempo para limpá-lo, mas não deixou que ninguém a ajudasse ou fizesse por ela. Antes que a voz sumisse de sua boca, deu ordens a Alexander para que não avisasse padre Belamino e qualquer outra pessoa. Comunicou a todos de casa que Oscar também seria enterrado próximo ao rio, ao lado da filha. Não queria missas nem despedidas e muito menos qualquer outra pessoa que não os presentes no momento em que tudo estivesse pronto para que ele pudesse ser sepultado.

Nathaniel e Augustus encarregaram-se de cavar a cova para o pai enquanto Joanna trazia a mortalha que havia sido encomendada com urgência.

Quando tudo estava pronto para que Oscar pudesse ser sepultado, Elisa recusou-se a deixar que o levassem. Grudou-se ao corpo do falecido marido como se ele fosse ressuscitar a qualquer momento. Espantava a todos que tentavam se aproximar atirando-lhes tudo o que via pela frente. Assim, ela pôde chorar sua dor abraçada a ele, até que as lágrimas se acabassem. Ver o homem que tanto amava, imóvel e apodrecendo com uma expressão de tanto sofrimento no rosto fazia com que seu coração fervesse de ódio. Um ódio tão intenso que ela podia sentir sua força querendo escapar através da pele. A cada piscar de olhos enxergava o corpo morto do marido, e ao mesmo tempo, a imagem de Martino Gonzalez vinha à cabeça. Tudo se tornava escuro e denso dentro dela.

No começo da noite seguinte, quando as forças de Elisa já haviam se enfraquecido, seus filhos invadiram o quarto junto de Daniel, que se obrigou a segurá-la enquanto os outros levavam o corpo de Oscar para que pudesse finalmente descansar seu sono eterno.

Ela gritou e se debateu, fazendo com que Daniel gemesse de dor ao sentir as pancadas em suas costelas quebradas, mas apesar disso, continuou segurando-a até que os dois caíram ao chão, então, ele a abraçou e deixou que ela continuasse a chorar até adormecer.

Nos dias que se seguiram, Elisa permaneceu trancada em seu quarto, coberta por um manto negro que jurou que usaria até o fim de sua vida. Mal conseguia se alimentar e recusava-se a conversar com qualquer um. Durante vinte e sete dias ela nutriu suas lembranças do marido que nunca mais voltaria a amá-la, a tocá-la; que nunca mais lhe diria, enquanto faziam amor, o quanto ele a amava.

A morte de Oscar e o vazio que ele havia deixado no quarto e no coração de Elisa chegava a tomar forma, e tinha a forma de algo muito ruim. Ela sentia-se partida ao meio e sufocada de um jeito que seu próprio corpo doía. O escuro se abraçou a ela e foi convidado a ficar, até o dia em que abriu a porta do quarto, coberta por um manto negro, e sua beleza tornara-se ainda maior que em qualquer outro dia em que viveu.

— Finalmente! — Exclamou Joanna. Elisa olhou para ela e para os filhos, e eles puderam sentir o quanto seu coração estava gelado.

— Tem algo que preciso resolver. Imediatamente. — Foi tudo que Elisa disse antes de buscar um cavalo e partir a galope dali com um único pensamento na cabeça: matar Martino González.

Enquanto galopava até a fazenda de Henrico González, onde tinha a certeza de que encontraria Martino, Elisa podia sentir o cheiro de morte que havia se espalhado por todo aquele lugar. A lua ainda brilhava no céu, mas logo acima da terra, uma manta da mais absoluta escuridão cobria tudo, e a cada trotar do cavalo, Elisa sentia como se no instante seguinte fosse acabar engolida por aquela escuridão maciça que não parecia ter fim.

Nos dias em que esteve confinada em seu quarto, alimentando-se da dor e do ódio que se instalara nela, Elisa ouviu rumores que ecoaram através das paredes. Algo sobre uma grande infestação de ratos que estariam consumindo todas as plantações de toda a região, e sobre a doença que se espalhava rapidamente. Segundo o que pôde ouvir, os animais estavam amanhecendo mortos, com os olhos vazando sangue, e tão duros que pareciam petrificados. As pessoas estavam adoecendo, tomando-se por uma febre que parecia ferver suas peles e uma tosse que quase fazia com que cuspissem os pulmões pela boca. Elisa notava o medo na voz dos filhos e dos outros, que pareciam sentir-se seguros apenas dentro da fazenda Cullen, que ainda não mostrava sinais da tal peste incontrolável.

Aquele lugar crescera afundado em boatos, superstições e lendas que os próprios moradores inventavam e acreditavam religiosamente em tudo o que acabava por se espalhar, mas quanto àquilo, Elisa sentia que era diferente. A dor e morte que se abateria em tudo aquilo que ela já havia posto os olhos, era como terminava a profecia da velha cega, e não havia mais dúvidas para ela, que tudo estava, enfim, selado. Quando Oscar tirou a vida de Anton González em sua vingança, a sentença havia sido apenas executada. Mas a nova Elisa estava preparada para o que viria. Já não era mais a mesma mulher assustada de antes.

Quando já passava por perto da casa de Joanna, uma luz azulada, quase sobrenatural, afastou a escuridão dos caminhos de Elisa e ela parou o cavalo para observar. Ainda distante, conseguia enxergar o imenso casarão da família González. De repente, sentiu o corpo gelar quando ouviu a batida de asas tão rápidas que vinham em sua direção. Ela pôs o cavalo a correr novamente, mas já era tarde. Seus cabelos esvoaçaram quando o corvo pousou em seu ombro direito e lhe cravou as unhas, fazendo com que se desequilibrasse e quase caísse do cavalo com o susto.

Após ouvir o crocitar do corvo que penetrou seus ouvidos, Elisa ajeitou-se novamente sobre o cavalo, sentindo o ombro arder e observou quando ele saiu voando apressado em direção à fazenda de Henrico González.

Por um momento, ela permaneceu parada, olhando de longe, sentindo uma parte de seu corpo querendo desistir; mas em seguida, fez com que o cavalo galopasse o mais rápido que podia. Novamente o ódio fervia seu sangue e tudo que Elisa conseguia ouvir era o som do impacto do trotar do cavalo contra a terra, e logo, ela estava diante da fazenda da família González.

Quando Elisa voltou para casa, suja de sangue e lama, antes do primeiro cantar do galo, desceu do cavalo cansada, sentindo um peso no corpo ao mesmo tempo em que sentia certa leveza em seu coração. As coisas haviam mudado dentro dela desde que coisas ruins começaram a acontecer, e chegaram ao seu estado máximo, quando viu o corpo de Oscar morto daquela forma. Era algo imperdoável para ela. Sentia o gosto extasiante da vingança em seu sangue, mas nunca deixaria de sentir o ódio profundo por passar o resto de seus dias na terra sem o homem que tanto amava.

Quando chegou à varanda, todos olharam para ela com profundo espanto ao ver o sangue que lhe manchara o rosto, e o manto negro rasgado, pendurado ao corpo por apenas um fiapo de tecido. Elisa não contou os detalhes de como havia atraído Martino González para fora de casa antes de apunhalá-lo no pescoço diante de seus pais. Também não contou que continuou a apunhalá-lo ferozmente até que Henrico González, no alto de sua velhice, tentou correr até o filho e acabou se estatelando morto no chão. E por fim, omitiu a reação da mãe de Martino ao ver a cena, completamente horrorizada.

— Santo Deus, Elisa! — Exclamou Joanna, se aproximando dela o suficiente para ver que apenas alguns arranhões lhe feriram os braços.

— O que foi que fez, mamãe? — Questionou Alexander, visivelmente assustado.

O menino era tão parecido com o pai. Elisa quase chorou por um momento ao olhar para os três filhos, tão distintos em suas personalidades e tão parecidos na aparência. Sua pele se arrepiou ao observar, sob a luz amarelada do lampião, o que parecia ser três versões mais jovens de Oscar encarando-a com preocupação.

— Fiz o que tinha de ser feito. Agora a alma de seu pai poderá descansar em paz — ela respondeu, se recompondo.

— Estamos todos condenados ao fogo do inferno... — murmurou Alexander, agarrado, como sempre, ao terço.

— Pare de falar como padre Belamino! — Augustus irritou-se. — Se tem alguém que tem de queimar no tal inferno é a maldita família González! Não esqueça que tudo isso começou quando Anton conseguiu machucar nossa mãe! Nossa pequena irmã está sendo comida pelos vermes na beira daquele rio e nosso pai está junto dela! Não se esqueça disso, seu estúpido!

— Calem-se vocês dois! — Esbravejou Nathaniel. — O único problema que vejo aqui é que nossa mãe decidiu fazer o que um de nós deveria ter feito! Acho que não somos homens o suficiente, não é? Que tipo de filhos imprestáveis somos nós que não tivemos coragem para vingar nossa irmã e nosso pai?

Elisa observava a conversa de seus rapazes e notava ainda mais a diferença entre eles. Queria que se mantivessem sempre unidos, como irmãos deveriam ser, mas sabia que um dia cada um tomaria um rumo diferente para si e talvez acabassem por se separar de uma maneira irreversível. Por fim, esse era o destino de todo ser humano, acabar sozinho.

Antes que Elisa pudesse sussurrar para si mesma: "acabar sozinho", Alexander começou a tossir violentamente e o ar pareceu se esvair de seus pulmões. A cada tentativa de puxar o ar, ele gemia mais e agarrou na mão de sua mãe, desesperado, como se estivesse prestes a morrer. Elisa, apavorada, começou a bater em suas costas com toda a força que podia e em seguida o puxou para o seu colo. Enquanto conversava com ele e o acarinhava, as tosses de Alexander se acalmaram e ele voltou a respirar aos poucos antes de desmaiar.

Na manhã seguinte, Alexander sentiu-se um pouco melhor, apesar de Elisa notar que estava com um pouco de febre. As tosses tornaram-se mais brandas, mas um estranho chiado no peito podia ser percebido após as crises. Era uma situação muito estranha, pois a tosse viera do nada. Elisa passou o dia fazendo chás com as mais diversas ervas, na esperança de que o filho melhorasse, mas apesar dos sorrisos meigos do filho e de suas palavras que tentavam tranquilizá-la, algo em seu coração tornava-se ainda mais pesado.

Três dias depois, Daniel cruzou a varanda, assustado. Vários animais estavam mortos. Sangue havia vazado dos olhos e das orelhas e os corpos pareciam petrificados, tal como os rumores que haviam se espalhado e que estaria acontecendo na cidade toda. Quando Elisa o acompanhou para averiguar os demais, constatou que os outros bichos estavam silenciosos, abatidos e ofegantes. O cocho estava cheio, o que mostrava que recusaram a comida. Apenas algumas galinhas se agitaram nos poleiros ao receber milho. Elisa se deu conta de que, afinal, não era apenas um boato de mau gosto o que havia se espalhado por lá; a peste enfim chegara à fazenda Cullen e mostrava sua força devastadora.

Mesmo com todos os cuidados que estava recebendo, Alexander não conseguiu se levantar mais da cama. Joanna bateu à porta do quarto de Elisa e avisou que ele estava novamente ardendo em febre. Daniel já tinha ido até a cidade atrás do médico a pedido dela.

Elisa estremeceu ao encontrar o filho delirando e com uma grande dificuldade para respirar. A pele dele estava tão quente, que chegou a provocar um ardor em sua mão, quando o tocou de leve no rosto. Uma bacia de água com um pano mergulhado estava disposta sobre o criado-mudo. Assim que Elisa colocou a mão na água para pegar o pano, sentiu que a água estava morna demais, então correu até a porta e gritou:

— Nathaniel! Traga água do poço para cá agora mesmo! Seu irmão está queimando em febre!

Elisa tirou a camisa de Alexander e percebeu que seu peito estava inchado e enrijecido. Um assobio alto podia ser ouvido a cada vez que ele puxava o ar sofridamente. Ele não parava de se debater na cama e Elisa sentia-se completamente impotente ao ver o filho naquelas condições. Temia pelo pior e não havia nada que pudesse fazer a respeito.

Quando Daniel retornou da cidade, informou que o médico também estava doente e a enfermeira que estava cuidando dele disse que talvez não sobrevivesse até a manhã seguinte. Várias pessoas encontravam-se na mesma situação. A doença se espalhara rápido demais e ninguém sabia o que era. Estavam todos morrendo. Não havia nenhuma venda aberta e nem mesmo a igreja abria mais suas portas. Segundo informaram a Daniel, padre Belamino havia partido dias antes, por medo da maldição que acreditava ter se espalhado pelo lugar. Seria um castigo divino por toda a sorte de rituais pagãos e blasfêmias que o povo se atrevera a praticar por ali.

Elisa havia tentado de tudo ao longo daquele fatídico dia. Fez porções e mais porções de chás com todo tipo de erva que conhecia, e conseguiu fazer com que Alexander bebesse alguns goles, mas nada adiantava. Fizera todas as preces à natureza e a todos os deuses dos quais já ouvira falar, na esperança de que o filho se curasse, e após passar o dia todo fazendo com que Nathaniel trouxesse água fresca do poço para que ela fizesse as compressas em Alexander, ele simplesmente tornou a ferver de febre e Elisa decidiu então por despi-lo e mandou que seus irmãos o levassem nu até o rio, para que as águas geladas que corriam lá lhe abrandasse a febre.

Por algumas horas, ele parecia ter tido uma leve melhora e Elisa acabou adormecendo de cansaço aos pés da cama do filho, porém, enquanto dormia seu sono profundo, ouviu um chiado alto e quando abriu os olhos, viu o filho paralisado, com os olhos revirados e a boca aberta, agarrado a coberta. A expressão no rosto de Alexander era tão terrível, que Elisa gritou de horror, pois não via mais o rosto do filho, e sim, algo que parecia malígno.

Sequer haveria tempo para costurar uma mortalha para o filho, e com o coração despedaçado por vê-lo morrer sem que nada pudesse ser feito, Elisa manteve o controle e ordenou a Augustus, que possuía uma força descomunal, que cavasse de uma vez a cova para o irmão que havia chegado ao mundo junto dele, e assim, foi feito. Alexander foi enterrado junto ao terço do qual não se desgrudava, enrolado em um lençol bordado com as delicadas flores feitas pelas mãos de Elisa e não houve nada além de um silêncio pesaroso e do choro copioso de Joanna e Beatrice. A verdade era que Elisa sentia-se tão morta por dentro, que apesar do sofrimento ao ter de enterrar mais um filho, sequer tinha lágrimas para chorar; parecia que haviam secado em seu peito e tudo que lhe restava era a dor devastadora que sentia.

Quando todos retornaram para casa, na tentativa de um pouco de descanso para seus corpos exaustos, um grande rugido foi ouvido ao longe. Panelas despencaram na cozinha e sons de batidas, como se alguém batesse furiosamente nas portas dos quartos, foram ouvidas. Era um presságio ruim. Elisa sabia. Um arrepio mortiço percorreu sua pele de cima a baixo. Foi então que ela percebeu que não haveria mais descanso para eles até que todos estivessem mortos.

Durante aquela noite, Elisa teve um sonho. Tudo era muito lúgubre. Caminhava tranquilamente em direção ao pomar, quando ouviu risos e o que pareciam ser vagalumes de fogo dançando na escuridão, entre as árvores. Ao chegar mais perto, viu que não eram vagalumes, e sim, folhas que queimavam dentro de crânios de animais mortos pendurados nas árvores. Um som ritmado era ouvido, e ao caminhar mais para dentro do pomar, Elisa viu a bela mulher de cabelos dourados, completamente nua, cortando uma maçã e enterrando suas sementes na terra. Junto das sementes, seu próprio sangue foi enterrado junto, e após isso, uma criatura animalesca, com grandes chifres surgiu e tomou a mulher nos braços antes de penetrá-la.

Elisa acordou apavorada. Sabia que a mulher no sonho, era na verdade, a mãe de Oscar. De repente, tudo fez sentido em seus pensamentos. Ligando todos os acontecimentos estranhos e a profecia que lhe foi revelada, entendeu que algo no pacto feito por Amallia havia dado errado.

Horas depois, após conseguir voltar a dormir, Elisa despertou ao sentir o cheiro de Oscar, e quando abriu os olhos, encontrou sua versão mais jovem, ajoelhada diante da cama, olhando para ela, pensativo, de uma forma como nunca estivera antes. A barba já começava a despontar, mesmo faltando alguns anos para que se tornasse um homem em sua plenitude. Elisa sorriu e finalmente uma lágrima brotou de seus olhos.

— O que foi, meu filho? — ela perguntou cansada, alisando os cabelos de Augustus. Ele sorriu para ela, coisa que raramente costumava fazer para qualquer um, e tornou a ficar sério antes de responder:

— As ovelhas que haviam restado... estão mortas. Tivemos de queimá-las porque as moscas estavam por toda a parte e não seria possível enterrar todos os bichos. Também, tem mais uma coisa...

— O que foi?

— Os ratos não estão se escondendo mais e atacaram todo o milharal. Já encontrei alguns aqui dentro.

— Não há nada que possamos fazer Augustus, além de descansarmos um pouco...

Ao caminhar com Augustus pela fazenda, Elisa pôde constatar a infestação de ratazanas pretas que se espalharam por toda a parte. Podia ouvi-los guinchar de longe. Assim que os dois se aproximaram do chiqueiro, a sensação de repulsa que Elisa sentiu ao ver uma porção daqueles seres de olhos avermelhados, atacando violentamente o cadáver de um porco que esperava para ser queimado, fez com que seu estômago revirasse e ela acabou por vomitar. Aquelas criaturas não estavam com medo algum dos humanos ao redor, ao contrário, não se escondiam, e só tentaram fugir correndo com seus rabos grossos e acinzentados quando Augustus pôs-se a atacá-los com uma tocha.

Dois dias depois, Elisa encontrou Joanna, sentada na varanda, abanando-se sem parar, e constatou, ao ver suas bochechas avermelhadas como uma pimenta, que a pobre estava ardendo em febre. Quando chegou ao fim da noite, Joanna encontrava-se exatamente como Alexander; mal podia respirar e quando o fazia, gemia de dor e seu peito liberava um chiado forte e agonizante.

Elisa passou a madrugada cuidando de Joanna. Fez compressas para diminuir sua febre e a amparou enquanto tossia violentamente. Porém, logo depois das crises de tosse, Elisa precisou acudi-la quando começou a se engasgar, e assim que a ajudou a ficar de bruços, Joanna cuspiu sobre o lençol um sangue grosso e escuro, que fedia terrivelmente. Foi um momento em que Elisa não soube como reagir e apenas deixou que ela permanecesse de bruços, tossindo e cuspindo aquele sangue podre.

No começo da tarde do dia que se seguiu, em uma das crises de tosse de Joanna, Elisa ajudou a empurrá-la novamente para que ficasse de bruços, mas as tosses se tornaram cada vez mais intensas, e quando percebeu que Joanna estava se afogando com o próprio sangue, gritou para que Augustus corresse até ali. Antes que ele pudesse invadir o quarto para ajudar, Joanna afundou no colchão e parou de se mexer. Já era tarde. Augustus ajudou a endireitá-la na cama e se assustou ao ver o quanto estava roxa. Seus olhos estavam arregalados e vermelhos, como se estivessem cobertos por sangue.

Elisa sentia-se tão entorpecida. Tão miserável e impotente. Ao menos sentia-se em paz por ter dito a Joanna o quanto lhe era agradecida pela amizade de todos aqueles anos. Agradecera por ter ajudado com seus conselhos que fizeram com que um dia, finalmente Oscar parasse de resistir e se entregasse ao que sentia por ela. Joanna era a figura mais importante na vida de todos daquela família. Havia sido muito mais que uma amiga e confidente. Era difícil para Elisa pensar que nunca mais a veria.

Alguns dias após o enterro de Joanna, Elisa percebeu que Augustus estava inquieto, e volta e meia se afastava de todos sem razão alguma. Como mãe, pensou que talvez fosse pela tristeza que ele mantinha guardada por todos os mortos que estava se obrigando a enterrar e foi justamente por isso, que resolveu ir atrás para consolá-lo, mas enquanto o seguia até a estrada que adentrava a fazenda, viu quando o filho parou de caminhar e se debruçou sobre o chão, tossindo sem parar.

Elisa permaneceu trêmula, observando o filho e tendo a certeza de que mais um de seus meninos a deixaria. Ela chorou e correu até ele e quando viu que Augustus cuspia o mesmo sangue escuro que Joanna, disse, aos prantos:

— Por que não me contou? Por que estava escondendo isso de mim? — Augustus não conseguiu respondê-la, apenas a abraçou com o restante de força que ainda tinha e deitou a cabeça em seu colo, como costumava fazer quando era apenas um menino.

Durante a madrugada gelada, Elisa viu seu filho, que parecia forte como um touro e que nunca pegara um resfriado sequer, respirar pela última vez enquanto ela acariciava seus cabelos e cantava a música de ninar que cantou para todos os filhos. E ao observá-lo sem vida, soube exatamente qual era a única coisa que restava a fazer.

A terra que um dia havia sido tão abençoada pela natureza, proporcionando vida de uma maneira inexplicável, sobrenatural, estava, na verdade, amaldiçoada, e tornara-se um berço de mortos. Tantas covas haviam sido feitas, tantos animais haviam sido queimados, e o cheiro que predominava no lugar, era o próprio cheiro da morte. O fim havia chegado para todos que habitavam aquela região, e um dia, quem descobrisse aquele lugar tão afastado no país, encontraria apenas uma cidade deserta e fazendas mortas.

Elisa sentiu o sufocar no peito, o ardor em suas costas, e foi então que bateu à porta da casa de Daniel para fazer um pedido a ele e a Beatrice. Um único e importante pedido. Antes que terminasse de falar, prontamente Daniel se comprometeu a atendê-la e Beatrice lhe deu um abraço de amizade e de adeus.

Nathaniel estava parado diante do pomar morto e infestado de ratos, apenas observando, silencioso, como Oscar costumava fazer quando estava diante de um problema. Era o único filho que lhe restava e havia sido o primeiro a nascer. Elisa se lembrava claramente do choro de seu bebê quando a parteira deu-lhe um tapa nas nádegas, e lembrou-se de quando observava Oscar conversando com ele no colo, ainda bebê e lhe dizia que um dia aquelas terras seriam dele.

Queria tanto que o tempo pudesse voltar e que ainda estivesse vivendo aquele momento de extrema alegria. A vida ao lado do homem que amava havia se tornado plena com a chegada do primeiro filho. Todos na fazenda estavam tão encantados com o nascimento do menino, que naquele dia, ninguém havia trabalhado. Elisa lembrava-se, inclusive, que estavam todos curiosos para saber se Nathaniel havia nascido como um ser humano normal. Imaginavam que ele pudesse ter herdado seus cabelos vermelhos e que talvez fosse uma criatura munida de beleza ainda maior que a sua, mas aliviaram-se ao ver que o garoto tinha aparência comum, igual ao pai. Era um lindo menino, mas que não parecia um ser sobrenatural.

— Nathaniel? Você está bem? — Perguntou Elisa, enquanto segurava na mão do filho.

— Sim. Estou bem. Apenas pensando...

— Querido. Precisamos nos despedir.

— Como assim, nos despedir?   — Eu também estou doente, filho. Minha hora finalmente chegou, mas você ainda pode sobreviver. Daniel está partindo com Beatrice e você poderá ir com eles. Ajude-os como puder e torne-se o homem que eu e seu pai sonhamos. Forme sua família, seja feliz e nos guarde com amor nas suas lembranças.

— Não! Não vou abandoná-la aqui!

— Você não tem que morrer aqui comigo! Você é tudo que me resta. Que resta do seu pai! Nós lhe demos a vida e você vai vivê-la longe daqui. Vão para onde a peste não esteja. Nem mesmo Carina resistiu, lamento por isso, mas um dia encontrará uma boa moça para se casar. Eu vou morrer aqui, onde fui feliz.

— Mãe, por favor...

— Já está decidido. Vá depressa, Nathaniel. — Ele segurou firme o choro, embora demonstrasse toda a angústia no olhar e a abraçou, antes de dizer:

— Me dê sua benção — Elisa o beijou na testa e respondeu:

— Eu te abençoo.

Elisa não derramou uma lágrima sequer quando viu o filho partindo junto de Daniel e Beatrice, por mais que seu coração se apertasse de uma maneira insuportável. Ao menos, estava aliviada por saber que seu filho poderia ter uma boa vida longe dali. Nathaniel não era apenas parecido com Oscar na aparência, mas no modo de pensar e agir também, portanto, Elisa tinha plena certeza de que ele conseguiria trilhar seu próprio caminho e que sempre a carregaria em seu coração junto ao pai e aos irmãos.

Sentindo o ar cada vez mais escasso em seus pulmões e sofrendo uma tosse cada vez mais violenta, Elisa despediu-se do lugar onde havia se tornado uma mulher feita, e onde viveu a maior parte de sua vida.

Antes de voltar para casa, mergulhou nua no rio, próxima de todos os mortos que estavam enterrados ali, enquanto sentia um frio que parecia não ter mais fim. Fechava os olhos e tentava usar seus últimos resquícios de energia para sentir a alma dos que já haviam partido, mas simplesmente não conseguia.

Quando cruzou a porta da cozinha, despediu-se de cada cômodo e espalhou o óleo pelos corredores da casa, antes de deixar que o fogo da tocha tocasse o chão. Enquanto o fogo começava a se espalhar, pôde sentir o cheiro de Oscar mais uma vez e sentiu que de alguma forma, ele estava ali com ela naquele momento, e ela pôde dizer a ele o quanto o amava e sentia sua falta e o quanto estava com raiva por ele ter partido sem se despedir.

Elisa deitou-se na cama, confortando-se pelas boas lembranças. As chamas começaram a se espalhar rapidamente e ela podia ouvir o barulho produzido pela imponência do fogo que consumia a casa, e sentia o seu calor tórrido que lhe abrasava a alma. De repente, a morte não era algo a se temer, mas um alívio. Alívio porque não sentiria mais dor. Não precisaria mais estar longe de quem tanto amava. Uma vida onde não existisse alegria e amor, não era uma vida que merecia ser vivida, portanto, Elisa já havia vivido o bastante.

E foi assim, que a bela mulher, abatida pela maldição das sementeiras, adormeceu em sua cama, enquanto cada pedaço de madeira da estrutura da casa era consumido pelas chamas.

Lá fora, as árvores queimavam também, sendo devoradas lentamente por um fogo misterioso que surgiu repentinamente, transformando tudo o que consumia, em pó.